D0868890

ÉCOLE DEGRASSI

Lucie

Nazneen Sadiq

Traduit de l'anglais par
JEANNINE COCHU

Héritage jeunesse

Données de catalogage avant publication (Canada)

Sadiq, Nazneen, 1944-

[Lucy. Français]

Lucie

(Degrassi).
Traduction de: Lucy.
Pour adolescents de 12 à 15 ans.

ISBN 2-7625-6454-9

I. Titre. II. Titre: Lucy. Français.
III. Collection: Degrassi. Français.

PS8587.A34L8214 1990   jC813'.54   C90-096-78-7
PS9587.A34L8214 1990
PZ23.S22Lu 1990

Cette traduction a été possible grâce à une subvention du Conseil des Arts du Canada.

Dépôts légaux : 3e trimestre 1990
Bibliothèque nationale du Québec
Bibliothèque nationale du Canada

ISBN : 2-7625-6454-9   Imprimé au Canada

LES ÉDITIONS HÉRITAGE INC.
300, Arran, Saint-Lambert, Québec J4R 1K5
(514) 875-0327

Radio Québec

C'est autre chose et c'est tant mieux.

Ce livre est basé sur les personnages et le scénario de la série télévisée «Degrassi Junior High». Cette série a été créée par Linda Schuyler et Kit Hood pour «Playing With Time Inc.», sous la supervision de Yan Moore, auteur.

N'oublie pas de regarder l'émission Degrassi à Radio-Québec ainsi qu'à TV Ontario.

TVOntario
la chaîne

CHAPITRE 1

Lucie se regarde dans le miroir de sa chambre. Elle sait qu'elle va détester ce trimestre et surtout le mois de février. Il n'arrive jamais rien. À l'école Degrassi, c'est toujours la même chose. Qui peut s'intéresser aux examens du prochain trimestre quand on meurt d'ennui pendant celui-ci? Elle peut à peine se retenir de bâiller en classe! Elle ne supporte plus ses parents qui ne cessent d'entrer et de sortir de sa vie, d'en sortir surtout! Qu'est-ce qui ne va pas avec les autres, et avec elle aussi? Même son nouveau rouge à lèvres qu'elle met si soigneusement fait vieux et moche. Lucie pense qu'il doit lui arriver quelque chose. Elle fourre son rouge à lèvres dans son sac et va dans la cuisine.

Sa mère est à table, elle détache des morceaux

de pamplemousse avec sa cuillère et elle fait une vilaine grimace en levant les yeux sur Lucie.

— Bonjour, ma chérie. Ne te laisse jamais aller, sinon tu vois ce qui t'attend.

Elle tapote le pamplemousse avec sa cuillère. Lucie, exaspérée, la regarde. Elle est mince comme un fil, mais il faut que, deux fois par an, elle suive son régime de pamplemousse, dans le cas où...! Eh bien, on est en février et maman recommence son «truc dans le cas où», c'était tellement prévisible...

— Comment ça va à l'école? demande sa mère d'une voix distraite et automatique qui donne à Lucie envie de hurler.

— Ça ne va pas fort, murmure Lucie.

— Ce soir, je rentrerai tard car j'ai une signature. Tu pourrais te commander une pizza.

Lucie regarde le billet de vingt dollars posé à côté de son napperon et hausse les épaules, désabusée... Cela arrive si souvent qu'elle ne s'en fait vraiment plus. Sa mère est agent immobilier et elle est rarement à la maison le soir. Elle est en début de carrière, de sorte qu'elle doit être présente chaque fois qu'une maison est à vendre. «Encore quelques maisons, Lucie, et je vais pouvoir respirer», répète-t-elle. Mais ces maisons se sont multipliées comme des champignons et Lucie ne croit plus rien de ce que dit sa mère.

Ce rattrapage matinal est supposé tout arranger,

mais il n'en est rien. Le pire, pour Lucie, c'est qu'on s'attend à ce qu'elle s'y fasse. Grandir et apprendre à se débrouiller seule, voilà le jeu qu'elle doit jouer. Mais il n'y a rien de plus difficile pour elle, surtout quand, à l'école, elle entend ses amis raconter leurs soirées en famille. Alors, elle a trouvé une solution : elle fait semblant que ça lui est égal. Elle ne veut surtout pas qu'on puisse deviner que ça lui fait mal. Ne vaut-il pas mieux faire l'admiration de ses amis que leur faire pitié?

Sa mère s'adresse à elle, doucement, presque en s'excusant :

— Lucie... ma chérie, j'ai beaucoup d'affaires à régler cette semaine à l'agence. Je mène une vie de fou en ce moment.

— Pas de problème, répond Lucie.

Le téléphone sonne. Lucie regarde sa mère changer complètement d'expression. Ce n'est plus sa maman qui est assise à la table de la cuisine, mais une étrangère qui parle précipitamment d'«offre» et d'«hypothèque». Lucie émiette des morceaux de muffin à la banane dont elle fait de petites boules dures. Elle n'a pas faim et, une fois de plus, elle a perdu sa mère. Elle pense tristement que certaines choses ne changent jamais.

Pourquoi ne pourrions-nous pas tous retourner à New York, se demande Lucie. Là-bas, sa mère la considérait comme sa fille et non pas comme un objet gênant qu'elle doit traîner avec elle.

Mais sa mère repose le téléphone et s'écrie :

— Je crois que je les tiens! Lucie, je dois partir. N'oublie pas de faire tes devoirs.

Lucie la laisse partir sans un regard. Elle jette les boulettes de muffin dans la poubelle et décide de partir pour l'école. Si Lorraine arrive en avance, elle pourra peut-être l'aider. Ce matin, il y a un test en sciences et elle a oublié son livre à l'école. Pourra-t-elle faire avaler ça à monsieur Garcia? C'est un tel fasciste! Ils le sont tous, d'ailleurs, sauf monsieur Colby; lui, c'est juste un casse-pieds. Elle a oublié tous ses mauvais rêves où il lui faisait du plat, mais elle frissonne chaque fois qu'elle pense à lui. Cette journée ennuyeuse commence bien mal, et dire qu'elle finira avec une triste pizza!

Une fois à l'école, Lucie n'arrive pas à trouver Lorraine.

— Elle a rendez-vous chez le médecin, lui dit Estelle.

— Elle a de la chance, elle va manquer le test, dit Érica en roulant les yeux.

— Adieu, le test, chante Lucie.

— Lucie, ne me dis pas que tu n'as pas étudié! s'exclame Estelle avec un air horrifié.

— Je déteste les sciences, dit Lucie en haussant les épaules.

— Tu as un nouveau rouge à lèvres? demande Érica.

— Oui, mais la couleur est tellement moche. Le voilà, veux-tu l'essayer? et Lucie le sort de son sac.

— Si je veux l'essayer? glousse Érica.

Lucie et Estelle regardent Érica courir vers les toilettes, alors que retentit la sonnerie du premier cours.

Monsieur Garcia les attend. En le voyant, Lucie réalise qu'il ne sert à rien d'essayer de s'excuser. Ça ne compte pas assez pour ça. Tout ce qu'elle veut, c'est arriver à griffonner quelque chose sur sa feuille, la rendre et filer ensuite aux toilettes. Mais ce n'est pas facile. Les autres sont tous penchés sur le test avec des airs pensifs; monsieur Garcia la regarde sévèrement; impossible de lui rendre un regard indifférent et las.

Pourquoi suis-je coincée ici? se demande Lucie. Elle ne peut rien se rappeler de la leçon de la semaine dernière. Lorraine a de la chance, elle a un jour de plus pour préparer cet abominable test.

Au bout de quarante minutes interminables, Lucie remet son test à monsieur Garcia qui rend alors la situation encore plus pénible.

— Lucie, je m'attends à une amélioration par rapport au dernier test.

Sur le coup, Lucie a envie de lui répliquer : «Moi aussi, j'aimerais une amélioration. Je n'en peux plus de ce trimestre minable.» Mais elle ne dit rien, cela aurait fini dans le bureau de monsieur Laurence.

— Comment ça a marché? lui demande Lorraine à la cafétéria.

— Mal, mais de toute façon, qu'est-ce que ça peut faire?

— Qu'est-ce qui ne va pas?

— J'en ai assez et je voudrais être ailleurs.

— Oui, je te comprends, répond Lorraine.

— Lorraine, tu ne peux pas imaginer!

— Mais si, crois-moi. Mon père est devenu fou ces jours-ci.

Lorraine semble troublée.

— Le mien s'est envolé, murmure Lucie.

— Je changerais bien de place avec toi. C'est lugubre à la maison.

— Veux-tu venir chez moi, après l'école? propose Lucie.

— Je ne peux pas. Mon père veut que je rentre directement à la maison... dans le cas où..., répond Lorraine d'une voix qui s'éteint.

— Bon, peut-être demain..., soupire Lucie.

L'idée de passer une autre soirée toute seule lui fait horreur.

À la fin de l'après-midi, elle se dit qu'elle en a assez de l'école. C'est stupide. Ce matin même, elle ne pouvait plus supporter la maison. C'est un vrai jeu de balançoire.

En rentrant chez elle, elle trouve un monceau de prospectus coincés derrière le moustiquaire. Son père déteste toutes ces publicités, et il les met à la poubelle sans les regarder. Mais depuis qu'il a jeté aussi le courrier de sa mère, on trie tout ce qui arrive.

C'est une longue soirée qui l'attend, avec son père en voyage et sa mère qui travaille. Lucie flanque les prospectus sur la table de la cuisine. Elle étale de la confiture de framboise sur un croissant. Tout en mangeant, elle farfouille dans le courrier. Rien d'intéressant sauf un prospectus publicitaire pour des vacances sur lequel une fille blonde, en bikini rose, est assise sur le sable blanc; elle étire de longues jambes, le regard perdu dans l'océan turquoise où l'on devine une île lointaine.

Lucie est attirée par la photo. Elle sait ce qu'éprouve la jeune femme blonde qui regarde au loin. C'est ainsi qu'elle a passé la journée à l'école. Mais cette femme est quelque part aux Bahamas, les mots PARADIS DES TROPIQUES jaillissent de la photo. Lucie soupire, froisse le prospectus et le jette.

Un peu plus tard dans la soirée, elle essaie une nouvelle coiffure. C'est un de ses vieux trucs pour chasser le cafard, mais, cette fois-ci, ça ne marche pas, le coeur n'y est pas. Alors, elle appelle Lorraine et bavarde avec elle pendant une demi-heure jusqu'à ce qu'elle entende son père protester; alors elles raccrochent vivement. Lucie sait qu'il ne se passera plus rien, il ne lui reste plus qu'à aller se coucher.

Assise dans son lit, Lucie pense qu'elle aurait pu sortir avec Clutch. C'est son ami Paul qui le lui a présenté et il lui plaît. L'ennui c'est qu'il y a quelque chose qui ne va pas chez lui; autant, par moments, il peut être drôle, autant, la minute suivante, il a l'air d'un pauvre type. Mais c'est quand même le garçon le plus intéressant qu'elle connaisse. D'abord, il est plus vieux que les autres et il va au collège Borden, et puis quand il arrive au volant de son auto toute peinturlurée, il a tellement de succès! Certains l'ont surnommé monsieur Action parce qu'il a la réputation de se soûler quand il va à une «party».

— Lucie, es-tu encore éveillée?

La voix de sa mère lui arrive par l'escalier; elle ne répond pas; il est onze heures et, bien entendu, elle ne dort pas encore. Puis elle entend sa mère monter et la voit apparaître à la porte de sa chambre, sa serviette encore sous le bras.

— Ma chérie, je suis désolée. Nous avons été retardés et au retour nous nous sommes arrêtés pour souper.

— Oh, je sais, répond Lucie en examinant soigneusement l'ourlet de son duvet, tandis que sa mère brandit sa serviette en levant les yeux au ciel.

— Tu sais, je suis si occupée ces jours-ci que j'ai besoin de m'évader. Je rêve d'aller quelque part sur une île déserte.

Surprise, Lucie la regarde car c'est exactement

ce qu'elle éprouve, elle aussi. Elle demande :

— Où voudrais-tu aller?

— Oh! tu sais, n'importe où, juste sortir de tout cela. Un jour ou l'autre on en a besoin.

Elle s'approche de Lucie pour l'embrasser.

— Il est tard maintenant, tu ferais mieux d'éteindre et de dormir.

Lucie écoute sa mère redescendre et pense : la voilà, la réponse; je vais m'évader comme dit maman. Et sur cette pensée stupéfiante, elle s'endort aussitôt.

CHAPITRE 2

Le lendemain matin, Lucie se réveille en sursaut. Bien qu'elle ne se rappelle rien, elle sait qu'elle a rêvé toute la nuit. Elle essaie de se souvenir de quelque chose et, soudain, elle pense à de l'eau; c'est une eau turquoise pâle. Bon, se dit-elle, je pense à ce prospectus que j'ai jeté hier soir, ou bien est-ce mon rêve? Elle est incertaine mais c'est sans importance, elle se sent prête pour aujourd'hui. Elle va aller à l'école et parler à ses amis. Pourvu que Lorraine soit là!

Pour une fois, Lucie ne reste pas devant son placard à se demander ce qu'elle va mettre. Elle prend ce qui est devant elle et fonce à la cuisine. Sa mère dort encore mais elle lui a laissé une note, à sa place, sur la table de la cuisine.

Lucie lève les yeux au ciel en voyant le mot, probablement encore un arrangement parce que sa mère va rentrer tard. Mais cela n'a plus d'importance maintenant qu'elle a ses propres projets. Elle a presque envie de ne pas le lire, mais il y a une carte de crédit posée à côté.

«Pourquoi n'inviterais-tu pas une amie à aller au ballet? Tu peux réserver les places par téléphone en donnant le numéro de ma carte.

Gros baisers, maman.»

Lucie reconnaît bien là la manière de sa mère d'essayer de se faire pardonner d'être si souvent absente. Mais aujourd'hui elle l'accepte; elle a bien mieux à faire que d'aller au ballet. Elle a beau prendre des cours de ballet, c'est le jazz qu'elle préfère. C'est dire à quel point sa mère la connaît! Eh bien, même cela ne la blesse plus tellement. Lucie prend son repas pour midi, laisse le mot et la carte de crédit là où elle les a trouvés et part pour l'école.

En arrivant, elle trouve Lorraine, Érica et Estelle réunies devant les casiers. Érica lit à chacune son horoscope dans le journal — c'est devenu un rituel matinal —; elle est persuadée que les prévisions sont toujours justes. Les autres sourient et font semblant de la prendre au sérieux. Aucune n'a le coeur de dire à Érica qu'elle n'y croit pas.

— Tu t'ennuies encore? ironise Estelle.

— Ce n'est plus un problème, je pense que je vais partir quelque temps.

— Tu ferais mieux de commencer par consulter

ton horoscope, dit Érica.

Lorraine jette un regard à Lucie qui sait qu'elles attendent une explication de sa part. Alors, évitant le regard sérieux de Lorraine, elle se décide à frapper les imaginations.

— Je pars pour une île au soleil, lance-t-elle légèrement.

— Oh, je devine! Tes parents t'emmènent en vacances pendant les congés de mars! s'écrie Érica triomphante.

— Non.

— Alors quoi?

Les jumelles parlent en même temps.

— Je pars seule et personne n'en sait rien.

— Pas vrai! Allons Lucie, tu nous fais marcher.

Estelle, embarrassée, la regarde.

— Attends et tu verras.

— Lucie! Tu es «sérieuse»? poursuit Érica en lui prenant le bras.

— Viens, nous allons être en retard en classe, dit Lorraine.

Lucie laisse les autres passer devant. Les jumelles chuchotent entre elles. Lorraine n'a rien dit, comme si elle n'avait rien entendu. Lucie sourit toute seule; bien sûr, Lorraine a entendu mais elle prend le temps de réfléchir.

Lorraine rejoint Lucie à la cafétéria, juste avant les jumelles.

— Ce matin, tu ne parlais pas sérieusement, dit-elle simplement.

— Mais si, je suis sérieuse. J'en ai assez de tout ici et j'ai besoin de m'évader.

— Tu as perdu la tête!

— Pas du tout, proclame Lucie qui se sent très calme.

— Mais, où veux-tu aller? Que vas-tu faire? bredouille Lorraine.

— Je vais aller sur une île, tu sais comme... les Bahamas!

— Et tes parents ne se doutent de rien?

— Non.

— Et pour l'argent, comment vas-tu faire?

Lorraine, intriguée, la regarde.

— Oh, je crois que je pourrai me débrouiller.

— Tu as perdu la tête, répète Lorraine.

Lucie sourit. C'est le moment que choisissent les jumelles pour arriver.

— Allez, raconte-nous, supplie Estelle.

— J'ai encore bien des choses à préparer, répond Lucie.

— On peut t'aider? Ça va être fantastique!

Érica fait tourner Lucie sur elle-même.

— Oui-i-i.

Elle rit et sent s'allumer quelque chose en elle.

— Lucie, tu es à peine sortie des ennuis que tu as eus avec Voula, dit Lorraine indignée.

Lucie lui lance un regard furieux. Pourquoi vient-elle reparler de ça? Ce n'était qu'une phase d'adolescence, comme avait dit sa mère. C'était un coup d'audace : entrer dans un magasin et en ressortir avec quelque chose qu'on n'a pas payé. Lucie avait fait des excuses et elle avait même remboursé en faisant un travail communautaire. Son amie Voula était avec elle, quand on l'avait surprise en train de voler le pull, et ses parents avaient déclaré que Lucie avait une mauvaise influence sur elle. Tout ce qu'elle sut de Voula par la suite, ce fut qu'elle avait déménagé, et leur amitié s'était terminée là. C'est la vie! Si on fait une bêtise et qu'on est pris, on a beaucoup d'ennuis, mais finalement cela passe. Voula ne lui manque même plus. Quel manque de tact de la part de Lorraine! Lui reparler de ça, alors qu'elle est si contente!

— Vraiment..., commence Lucie.

— D'accord, d'accord, je suis désolée, l'interrompt Lorraine en voyant son regard blessé.

— Bon, il faut que je parte, annonce Lucie.

— Tu ne peux pas partir comme ça, tu ne nous as rien raconté, proteste Érica.

— Écoute, je ne veux pas que vous bavardiez dans toute l'école, et puis j'ai beaucoup de choses à préparer.

— Elle est bavarde, mais, cette fois-ci, elle ne parlera pas, intervient Estelle venant au secours de sa sœur.

— Bon, je vais tout vous raconter mais il faut que ça reste entre nous, dit lentement Lucie.

— Lucie! Je n'en parlerai à personne, s'exclame Érica, les yeux brillants d'indignation.

Lucie et Lorraine rentrent de l'école ensemble. Les jumelles ont une réunion pour préparer la fête de fin d'année. Au moment de partir, Lucie jette un regard sur Degrassi; comme cette vieille bâtisse est laide! Rien à voir avec une île sous les tropiques. Elle frissonne d'excitation. Une nouvelle aventure commence! Elle n'a jamais rien accompli d'aussi audacieux.

Les journaux de fin de semaine sont remplis de publicité pour des voyages aux îles, et elle a entendu ses parents parler d'agences de voyages. Son père voyage souvent, il est analyste de systèmes pour une compagnie d'informatique qui a des affaires dans le monde entier. Il arrive même que ses billets d'avion lui soient livrés à la maison. Il ne lui reste plus qu'à entrer dans le système; si on peut payer des billets pour un spectacle de ballet avec une carte de crédit, on doit aussi pouvoir le faire pour des vacances.

La voix de Lorraine l'interrompt dans ses réflexions.

— Je voudrais savoir ce que tu prépares.

— Lorraine, je pars juste quelque temps.

— Comment peux-tu partir toute seule?

Lorraine la regarde, gênée.

— Écoute, ce n'est pas si grave de manquer l'école pendant une semaine.

— Ça devient grave quand on appelle la police pour dire que tu as disparu.

— Bon, pour ça je n'ai rien prévu, mais personne ne saura que je suis partie, explique Lucie.

— Que vas-tu faire pour l'argent et tout ça?

— Lorraine, c'est le «premier jour». Je vais trouver des solutions. Je ferai n'importe quoi pour partir d'ici pendant quelque temps.

— Bon! Alors, on rentre et on appelle des agences de voyages, dit Lorraine en s'élançant sur le trottoir.

Lucie la regarde en pouffant de rire. C'est bien Lorraine; elle proteste furieusement, et puis en moins de rien elle se rallie; d'abord intraitable et l'instant d'après prête à tout ce qu'on veut.

Elles vont chez Lucie et montent directement dans sa chambre. Lorraine se jette sur le lit, tandis que Lucie descend chercher un paquet de biscuits et les Pages Jaunes de l'annuaire. Elle remonte en courant.

Elles ouvrent l'annuaire à la rubrique «agences de voyages». Lucie compose le premier numéro et demande s'ils acceptent les cartes de crédit par téléphone. Elle s'aperçoit vite, à sa plus grande satisfaction, que c'est une pratique courante. Certains donnent patiemment toutes les informations concernant les forfaits de vacances qui comprennent les repas. Mais oui, ils ont des forfaits pour les Bahamas. Y a-t-il une île qu'elle préfère? Lucie raccroche en éclatant de rire. C'est vraiment fantastique; la petite carte en plastique est la clé d'un royaume merveilleux. Ce n'est pas plus difficile que ça.

Lorraine prend le téléphone pendant que Lucie note les informations dans son cahier d'anglais. Un agent fait une offre spéciale pour un voyage d'une fin de semaine de trois jours.

En raccrochant, elle regarde Lucie.

— As-tu pensé qu'une fin de semaine et une journée pédagogique pourrait résoudre ton problème?

— Je sais, chantonne Lucie.

— Tu pourrais dire que tu passes la fin de semaine chez l'une d'entre nous.

— Je t'ai déjà dit que je peux le faire.

— Oui, mais tu dois d'abord t'assurer que cette histoire de carte marche vraiment, lui rappelle Lorraine.

— Il faut que ça marche, voilà tout, réplique Lucie.

— Il faut que tu l'essaies.

— C'est ce que je vais faire. Veux-tu aller au ballet vendredi soir?

Lorraine marque une pause.

— Vois-tu, j'aimerais beaucoup ça, mais je ne peux pas demander d'argent à mon père en ce moment. Je n'ai pas eu l'occasion de t'en parler, mais son garage a été cambriolé la semaine dernière et il pense que l'indemnité de l'assurance ne remboursera pas tous les frais.

Lorraine se détourne pour cacher son embarras.

— C'est une invitation de ma mère. Tu es invitée. Je suis désolée pour ton père. Ne t'inquiète pas, je suis sûre que tout s'arrangera, dit Lucie en lui touchant le bras.

— J'espère aussi, tout le monde n'a pas autant de chance que toi.

— Moi? De la chance? grogne Lucie.

— Oui, répond Lorraine.

— Oh! tu ne sais pas tout.

— Peut-être, mais tu possèdes certainement plus que la plupart des enfants que nous connaissons, dit Lorraine en haussant les épaules.

— C'est ce que tu crois, réplique Lucie sur un ton cynique.

— Oui et j'ai raison. Vas-tu me montrer comment marche cette carte?

— Regarde bien, dit Lucie.

Quand elle raccroche le téléphone, après avoir commandé les billets pour le ballet en donnant le numéro de la carte de crédit de sa mère, Lorraine est très impressionnée.

CHAPITRE 3

— Lucie, as-tu pris des billets pour le ballet? demande sa mère le lendemain matin.

— Non, mais j'y vais aujourd'hui, merci.

Lucie se détourne pour que sa mère ne voie pas la culpabilité qui la saisit dès qu'elle a prononcé son mensonge. Elle doit garder la carte jusqu'à ce qu'elle ait réalisé son projet.

— Qui as-tu invité? Laisse-moi deviner. Ne serait-ce pas Lorraine par hasard?

— Tu as trouvé.

— Je suis contente que tu l'aies invitée. Ce doit être si difficile pour elle sans sa mère.

Sa maman semble vraiment émue.

— Oh, Lorraine est forte, répond Lucie.

— Lucie, ce n'est pas la même chose! Tu ne réalises pas combien tu as de la chance d'avoir tes deux parents.

Sa mère parle sur un ton de reproche. Lucie la regarde avec étonnement. Elle a envie de répondre que oui, bien sûr, elle a de la chance, mais que le père de Lorraine, lui, est bien plus avec elle à la maison. Mais cette conversation devient dangereuse. Que se passera-t-il si sa mère décide d'aller prendre elle-même les billets et lui demande la carte?

— Il faut que je parte, maman, j'ai des choses à faire.

— Papa a téléphoné tard hier soir, il a dit qu'il doit prolonger son voyage de quelques jours. Sais-tu que j'ai été tellement occupée cette semaine que je n'ai pas eu le temps de regretter son absence... et toi?

— Oui, j'ai été pas mal occupée moi aussi, dit Lucie en évitant de répondre à la question de sa mère.

— À plus tard, maman.

Une fois dans la rue, elle a presque envie de sauter de joie. Ce soir après l'école, elle ira chez Lorraine et, en chemin, elles s'arrêteront dans une agence de voyage. Hier soir, Érica a téléphoné pour dire que les agences de voyages donnent volontiers des brochures. Cela devient génial, ses amies sont avec elle. Tout faire seule aurait été horrible. On a beau jouer les indépendantes, c'est bon parfois de pouvoir compter sur ses amies.

Quand Lucie arrive à l'école, Clutch est là dans sa voiture stationnée juste devant la porte. Elle est encore plus dingue que la dernière fois car une des portes est cabossée. Dès qu'il voit Lucie, Clutch saute de voiture. Lucie marche plus vite, elle n'a pas envie de s'embarrasser de lui ce matin.

— Lucie, allô Lucie, attends! crie Clutch.

Elle s'arrête, pourquoi ne pas en finir maintenant avec lui.

Elle se retourne et le regarde courir vers elle. Il est vraiment super, pourquoi devient-il parfois un si pauvre type?

— Lucie, je voulais te parler.

— De quoi?

— De ce que tu m'as dit.

— Je ne m'en souviens pas.

— Allons Lucie, tu as dit que tu ne voulais plus jamais me voir, proteste Clutch.

— Ah! oui et c'était vrai.

Lucie se détourne pour partir.

— Écoute, je veux te prouver quelque chose. Donne-moi une chance, plaide Clutch.

Lucie se sent faiblir. Clutch la regarde intensément; c'est difficile de résister à un tel regard; peut-être y a-t-il en lui un côté secret. Tout se transforme actuellement dans sa vie, elle peut bien partager un peu.

— Ce n'est pas tout à fait ce que je voulais dire, répond Lucie.

— Amis?

— Amis, dit Lucie avec un sourire timide.

— Super! Tu es géniale, encore plus que d'habitude, dit Clutch en se rapprochant.

Lucie sourit.

— Je dois partir ou je serai en retard.

— Je te raccompagne après les cours? propose Clutch.

— D'accord, dit Lucie en s'éloignant.

Lorraine est devant la porte du collège et fronce les sourcils alors que Lucie s'avance vers elle.

— Je croyais que tu ne pouvais pas sentir Clutch.

— Il n'est pas si mal, Lorraine, et puis il a droit à une seconde chance.

Lucie est embarrassée, Lorraine peut être si embêtante parfois.

— J'espère que tu ne vas pas l'encourager.

— Tout ce qu'il va faire, c'est nous reconduire.

— Si, entre-temps, il n'a pas bu, grogne Lorraine.

Mais celle-ci se trompe. Clutch arrive après l'école, la radio hurle et son haleine n'a rien de suspect. Quand il voit Lorraine avec Lucie, il n'a pas un battement de cils. D'un bond, il sort de sa voiture et ouvre la porte arrière à Lorraine.

Lucie saute sur le siège avant et, du bout des lèvres, elle murmure à Lorraine :

— Je te l'avais dit.

— Alors, Lorraine, où est-ce que je te dépose?

Clutch se retourne vers elle en souriant.

— En fait, tu nous déposes toutes les deux devant cette agence de voyages, dit Lucie.

— Toutes les deux! dit Clutch d'une voix rauque.

— Oui, nous avons rendez-vous, ricane Lorraine.

— Oh! je vois, marmonne Clutch.

Déçu, il regarde Lucie. Celle-ci se retourne vers Lorraine à qui elle lance un regard furieux. Clutch essaie d'être gentil et Lorraine se moque de lui.

Clutch monte le son de la radio et Lorraine sursaute quand la musique lui rugit dans les oreilles. Elle regarde Clutch qui garde les yeux fixés sur la route.

— Alors, qui vient faire un tour? demande-t-il.

Lucie et Lorraine restent sans répondre. Lorraine fait un signe à Lucie.

— J'ai une course à faire pour ma mère, répond Lucie.

— On est presque arrivé, signale Lorraine.

— Si tu n'as qu'une course à faire, je peux attendre, dit Clutch avec espoir.

— Non, merci beaucoup, ça peut prendre plus de temps, dit Lucie.

Elle commence à être gênée de traiter Clutch comme ça et elle le remercie chaleureusement en arrivant à l'agence de voyages.

— Veux-tu sortir ce soir ? demande Clutch.

— Vraiment, je regrette, je dois travailler avec Lorraine sur notre projet... mais je t'appelle, ajoute-t-elle rapidement.

— N'oublie pas, dit Clutch et, de nouveau, il la regarde intensément.

— Promis, répond Lucie.

— Il va encore te poursuivre, l'avertit Lorraine.

Lucie hausse les épaules, mais elle très contente. Elle lui fait signe de la main et il klaxonne deux fois en démarrant. Lorraine ferme les yeux de dégoût.

Elles entrent dans l'agence de voyages où deux femmes, le téléphone collé à l'oreille, leur font un signe amical. Lorraine et Lucie ne savent pas quoi faire et se dirigent vers les brochures; des îles et des océans scintillants tourbillonnent devant elles. C'est presque aussi bien que de regarder les glaces chez Baskin-Robbins. Il y en a de toutes sortes. Sur les photos, les gens paraissent bronzés et heureux. Lucie se mord les lèvres d'excitation et Lorraine ouvre de grands yeux.

— Je peux vous aider ? demande une voix.

L'une des femmes a posé son téléphone et les regarde amicalement.

— Viens, on va lui demander, chuchote Lorraine en tirant Lucie derrière elle.

— Vous pensez aux vacances? dit la femme.

Lucie, assise sur le bord d'une chaise en face du bureau, dit doucement :

— Je voudrais aller aux Bahamas. Vous avez sûrement des forfaits.

— Bien sûr. Avez-vous des dates?

— Euh... pas encore mais je les aurai bientôt.

— Alors, voici des forfaits pour une semaine, deux semaines et même des spéciaux pour trois jours, débite la conseillère en voyages.

— Fantastique, dit Lucie.

— Vos parents vous offrent des vacances, Mesdemoiselles?

— C'est un peu ça, marmonne Lucie.

— C'est pour les vacances de mars, n'est-ce pas?

— Peut-être un peu plus tôt. Pourrions-nous avoir des informations sur les Bahamas?

Le pouls de Lucie bat plus vite.

— Je pense que vous pourriez faire un saut à Nassau, il y a aussi des îles, explique la conseillère en leur remettant des brochures. Je vais vous donner ma carte et vous m'appellerez dès que vous aurez vos dates. Voici des forfaits très intéressants pour les Bahamas.

Son téléphone sonne et, tout en répondant, elle donne à Lucie un paquet de brochures et sa carte d'affaires.

Lucie met le tout dans son sac. Il ne leur reste plus qu'à aller chez Lorraine et à choisir. Elle doit se décider ce soir car sa mère pourrait lui redemander sa carte de crédit.

CHAPITRE 4

Lorraine habite tout près du centre ville. Comme chaque fois qu'elle va chez elle, Lucie s'étonne du contraste entre les deux quartiers. La rue où habite Lorraine commence par quelques magasins et brusquement elle se rétrécit sur une rangée de petites maisons qui n'ont pas été rénovées. Le garage du père de Lorraine est tout au bout de la rue; Lucie le reconnaît de l'extérieur car elle n'y a jamais pénétré.

Comme elles approchent, Lorraine dit :

— J'entre un instant pour qu'il sache que je suis arrivée.

— Tu veux dire que tu pointes?

— Oh! Tu sais, il est un peu anxieux depuis le cambriolage... je pense qu'il s'inquiète pour moi, répond Lorraine.

Lucie la suit. Elle se demande pourquoi elle n'a

jamais senti que son père s'inquiétait pour elle. Pendant que Lorraine se dirige vers la porte misérable, Lucie remarque la fenêtre bordée d'éclats de verre et bouchée par du contre-plaqué.

— Eh oui! c'est par là qu'ils sont entrés, dit amèrement Lorraine.

Le garage réserve une autre surprise. Elles pénètrent d'abord dans une petite pièce sombre encombrée par une table recouverte de journaux poussiéreux.

— C'est le bureau, dit Lorraine.

— Oh! dit Lucie.

Elle se demande comment on peut donner le nom de bureau à cette petite pièce sordide.

— Viens, il est derrière dans le magasin.

La grande pièce bétonnée est occupée par deux automobiles. Lorraine se dirige vers celle qui est à moitié soulevée et crie :

— Bonsoir, papa!

— Lorraine? demande une voix étouffée sous la voiture.

Lucie se rapproche de Lorraine. Elle sursaute quand une paire de chaussures suivies de jambes s'extirpent de sous la voiture. Lorraine lui lance un regard malicieux.

— Tu viens voir ton vieux père, dit monsieur Delacorte.

Il essuie ses mains couvertes de graisse sur son pantalon.

— Nous venons de rentrer.

— Bonjour Lucie, dit-il avec un sourire amical.

— Bonjour, répond Lucie qui ne peut détacher les yeux des larges mains aux ongles noirs de monsieur Delacorte.

— Ton père n'a sûrement pas des mains comme ça, dit ce dernier en riant.

Lucie fait un vague sourire embarrassé. Elle observe Lorraine qui regarde son père avec affection. Elle pense que son amie n'éprouve aucune gêne; elle est là, avec lui, heureuse et même fière.

— Quand feras-tu réparer la fenêtre, papa?

— J'irai chercher la vitre demain, répond monsieur Delacorte avec un léger froncement de sourcils.

— Et s'ils reviennent? demande Lorraine ennuyée.

— Je vais mettre des barreaux; de toute façon, il n'y a plus rien à prendre.

Lucie remarque le haussement d'épaules soucieux de monsieur Delacorte. Elle ne sait pas quoi dire. Comme c'est étrange cette conversation entre Lorraine et son père! Son amie lui paraît soudain adulte et concernée par le travail de son père. Je ne sais même pas exactement ce que fait le mien, pense-t-elle, et, à ce moment, elle envie Lorraine.

— Voulez-vous un Coke, les filles? demande monsieur Delacorte.

— Non merci, murmure Lucie.

— Nous allons prendre quelque chose à la maison. Je sais que tu dois retourner sous cette voiture.

Lorraine donne un baiser rapide à son père.

— Au revoir, ma chérie. Reviens nous voir, Lucie. Lorraine, fais attention à bien fermer la porte sur la rue.

Une fois dehors, Lorraine remarque :

— Il est encore inquiet.

— Je suis désolée de ce qui est arrivé à ton père.

— Oh! il s'en sortira, il est formidable, dit Lorraine.

— Je voudrais bien que mon père soit comme ça, murmure Lucie.

— Que veux-tu dire?

Lorraine la regarde d'un air étonné.

— Rien...

— Rien? répète Lorraine.

— "Rien", dit Lucie avec brusquerie en marchant plus vite.

Quand Lorraine ouvre la porte, le téléphone est en train de sonner. C'est Érica qui veut savoir si elle peut venir avec Estelle. Pourquoi pas? plus on est de fous, plus on rit, pense Lucie. Lorraine se dit alors que si elle a des invités, elle va leur offrir quelque chose à grignoter.

Lucie la regarde ouvrir le réfrigérateur et soupirer.

— Il n'y a vraiment pas grand-chose!

— Qu'importe? Je n'ai pas faim.

— Penses-tu qu'elles aimeraient du maïs soufflé ? demande Lorraine.

— C'est beaucoup de travail! dit Lucie qui déteste son regard soucieux.

— Bon. Il faut que j'aie quelque chose, murmure Lorraine.

Lucie sait qu'elle est embarrassée de ne pas avoir de friandises à offrir. On devine, en voyant la petite maison et la cuisine simplement équipée, qu'il n'y a pas beaucoup d'argent ici.

— Nous devions aller faire les courses à la fin de la semaine, mais il y a eu le cambriolage, dit Lorraine en manière d'excuses.

— Viens, on fait le maïs soufflé, dit Lucie qui préfère changer de sujet.

Lucie regarde Lorraine verser d'abord l'huile dans une grande casserole, puis une tasse de maïs en grains. Elle est étonnée, car sa mère a une machine électrique avec un couvercle spécial, alors que Lorraine utilise une casserole ordinaire.

— Maintenant, en avant pour l'aventure! murmure Lorraine en posant le couvercle.

Le maïs commence à exploser. Lucie sursaute et Lorraine éclate de rire. On sonne à la porte. Les jumelles entrent, les yeux brillants et les cheveux au vent.

— Alors? demande Érica en se laissant tomber sur une chaise.

— Louis dit qu'il vous a vues partir en auto avec Clutch.

Les yeux d'Estelle brillent de curiosité.

— Oui, il nous a accompagnées à l'agence de voyages, explique Lucie.

— Quel voyage! ricane Lorraine. Il a failli me crever le tympan avec sa radio.

— «Lorraine», proteste Lucie.

Heureusement, Érica se lève. Elle veut savoir où en est le projet de voyage. Lucie sort les brochures qu'elles regardent en mangeant le maïs.

Lucie a souvent entendu sa mère se plaindre des factures à payer, mais l'argent n'est pas un problème pour sa famille.

Elle reçoit plus d'argent que ses amies. Sa mère lui a souvent dit : — Tu es notre seule enfant, et nous voulons que tu aies le meilleur de la vie. — Elle ne fait aucune corvée ménagère. Ce qu'on lui demande, c'est de vivre avec des parents absents.

— Regarde ça.

Lorraine agite un papier rose sous son nez. SPÉCIAL ÉCONOMIE - TROIS NUITS POUR 299 $ - Départ vendredi après-midi, retour lundi après-midi et c'est pour la semaine prochaine! Lucie est fascinée. Tout est parfait. On a dû prévoir ce voyage spécialement pour elle. Elle n'a plus qu'à téléphoner pour réserver. C'est aussi simple que ça.

— Laisse-moi voir, dit Estelle en essayant de lire par-dessus son épaule.

— Voilà, c'est celui-là! dit Lucie en lui donnant le papier.

— Tu vas manquer une demi-journée d'école, dit Lorraine.

— Tu pourrais dire que tu passes la fin de semaine avec nous, propose Érica.

— Dis à tes parents que lundi est une journée pédagogique et tu rentreras chez toi le lundi soir.

— On va téléphoner à ta mère si tu n'es pas à l'école lundi, l'avertit Lorraine.

— Bien. Je dois juste m'assurer qu'il n'arrivera rien.

— Je sais... vendredi tu apportes un mot disant que tu ne seras pas à l'école lundi, lance Érica.

— Il faudra une lettre très «convaincante», murmure Estelle.

— Ne t'inquiète pas, je l'ai déjà fait, dit Lucie.

— Tu as déjà fait bien des choses que tu as ensuite regrettées, dit Lorraine en lui lançant un regard significatif.

— Que veux-tu dire?

Lucie est furieuse.

— Tu sais bien ce que je veux dire. Je suis juste une casse-pieds, dit tranquillement Lorraine.

— Eh bien. Ne t'inquiète pas, je me charge de tout, répond sèchement Lucie.

— Alors, je crois que c'est tout vu, dit Lorraine en haussant les épaules.

Tout se met en place. Lucie ferme les yeux, elle voit l'océan turquoise. Avec un petit effort, elle pourrait entendre le bruissement de la brise dans les palmiers. C'est enivrant. Elle va tout laisser derrière elle et s'enfuir dans un paradis tropical semblable à celui des brochures.

— Alors, tu pars? demande Lorraine.

— Oui, répond Lucie en cherchant la carte de sa mère dans son sac.

— Attends une minute. Tu devrais prendre une voix de grande personne, dit Érica.

— Je m'arrangerai, dit Lucie qui veut paraître pleine d'assurance.

— Que tout le monde se taise. Il ne faut pas qu'ils nous prennent pour des gamines, dit Lorraine.

— Bonne idée, dit Estelle qui met la main sur la bouche de sa soeur.

Lucie inspire profondément et se dirige vers le téléphone mural de la cuisine. La communication dure trois minutes. La conseillère en voyages ne se pose apparemment aucune question sur la voix de Lucie. Elle veut uniquement connaître le numéro de la carte de crédit et sa date d'expiration. Doit-elle envoyer le billet à Lucie?

— Non merci. Puis-je le prendre à l'aéroport?

— Certainement. Y a-t-il un téléphone où l'on peut vous joindre?

Lucie donne le téléphone de Lorraine. Elle raccroche d'une main tremblante. Il vient de lui arriver une chose étonnante; un sentiment qu'elle n'a pas ressenti depuis longtemps — en fait, depuis qu'elle a volé le pull chez Eaton — une sorte d'excitation malsaine auréolée d'un sombre halo. Elle va chasser tout ceci de son esprit et ne laissera rien gâcher ses projets.

— Qu'a-t-elle dit? Qu'a-t-elle dit? crie Érica.

— Tout est arrangé!

— Oh, Lucie! Comme tu es forte! s'exclame Estelle.

— Je pars, je pars vendredi prochain! Lucie entoure ses genoux de ses deux mains et se balance d'avant en arrière.

— Je le croirai vendredi, dit Lorraine.

L'excitation étant retombée, les jumelles partent. Lucie et Lorraine s'assoient pour parler de ce qui reste à préparer. Ni l'une ni l'autre ne savent comment se rendre à l'aéroport. Lucie doit aussi décider de ce qu'elle va emporter. Sans qu'elles s'en rendent compte, il est bientôt six heures et demie. Lucie prend son sac et jette toutes les brochures à la poubelle sauf la rose.

— Au revoir, Lorraine, dit Lucie.

— À quelle heure commence le ballet demain soir?

— À huit heures. Viens à la maison à sept heures. Ma mère nous paie aussi le taxi.

— Royal... mime Lorraine avec un mauvais sourire.

Au moment où Lucie arrive chez elle, le téléphone sonne, c'est sa mère. Elle rentrera dans une heure. Lucie ouvre le réfrigérateur pour voir ce que celle-ci lui a préparé, mais elle n'a pas faim après tout le maïs qu'elles ont mangé. Et de nouveau, maintenant qu'elle est seule, elle se sent prise d'une excitation malsaine. Alors elle appelle Clutch. Il répond aussitôt comme s'il attendait son appel.

— Lorraine est avec toi? demande-t-il.

— Non.

— C'était juste pour savoir, je me demandais si, par hasard, vous étiez inséparables.

Lucie éclate de rire et Clutch rit aussi. Elle a envie de tout lui raconter, mais c'est top tôt pour lui faire autant confiance. Peut-être la semaine prochaine...

— Veux-tu aller au cinéma demain soir? demande-t-il.

— Non...pas vraiment... je suis prise, essaie d'expliquer Lucie.

— Tu sors avec tes parents, je suppose.

— Non, avec Lorraine.

Dès qu'elle a parlé, Lucie voudrait n'avoir rien dit.

— Tu vois, j'avais raison, vous êtes inséparables, dit Clutch avec un certain dégoût.

— Clutch, je suis désolée mais c'est prévu depuis longtemps. Cette conversation commence à ressembler à une erreur, pense Lucie.

— Bon, bon. Alors samedi? demande Clutch.

— Oui, dit rapidement Lucie.

— Je te rappelle ou bien c'est un rendez-vous?

— C'est un rendez-vous.

— À propos...

— Quoi?

— Lorraine n'est pas invitée.

Lucie raccroche en riant.

Elle est en train de fouiller dans ses vêtements d'été quand sa mère rentre à la maison. Elle repousse rapidement la pile de vêtements sous son lit et descend l'embrasser.

— Tu n'as rien manger, dit sa mère debout devant le réfrigérateur.

— Je me suis bourrée de maïs soufflé chez Lorraine.

— Bon. Viens t'asseoir avec moi.

Elle met des cannellonis à chauffer dans le four à micro-ondes.

Pour Lucie, ce n'est pas facile d'avoir une conversation normale avec sa mère. Elle s'attend à ce que cette dernière lui demande sa carte de crédit, mais elle lui parle de toutes sortes d'autres choses.

— Quand ton père va rentrer, nous pourrions peut-être aller dîner tous ensemble.

— Oui... répond froidement Lucie.

— Tu n'en as pas envie?

Lucie lutte contre une vague irritation qu'elle sent monter en elle et regarde sa mère.

— Vous êtes tellement occupés que rien de ce qu'on prévoit faire ensemble ne marche jamais.

— Ce n'est pas vrai, Lucie. Ce que tu dis est ridicule.

— Je suis désolée, interrompt Lucie.

— Bon, moi aussi... Nous avons tous les deux des métiers exigeants mais cela ne veut pas dire que nous t'abandonnons, s'écrie sa mère avec indignation.

Un silence gênant plane sur la table de la cuisine et Lucie évite le regard chargé de reproches de sa mère. Elle pique un cannelloni, juste pour lui faire plaisir. Après lui avoir fait faire le tour de son assiette, elle se dit qu'il est l'heure de s'échapper dans sa chambre.

— Je vais me coucher...

Sa mère hoche la tête en silence. Lucie rince son assiette, la met dans le lave-vaisselle et court s'enfermer dans sa chambre. Elle sort ses vêtements d'été cachés sous son lit. Son vieux maillot de bain noir est toujours là. Elle l'essaie, il lui va encore, mais il lui faut un grand miroir pour se voir complètement.

Sur la pointe des pieds, elle se dirige vers la chambre de ses parents. À mi-chemin, elle voit sa mère monter l'escalier.

— Lucie, que se passe-t-il?

Sa mère est très étonnée. Lucie croise les bras sur sa poitrine.

— Je veux juste voir s'il me va encore.

— En plein hiver?

— On m'a demandé de le prêter. Elle a la même taille... mais je voulais vérifier, murmure Lucie.

— Lucie, on ne prête pas un maillot de bain, c'est très personnel.

— Oui-i, je disais, c'est juste pour voir... c'est tout.

Lucie se dirige vers sa chambre et ferme la porte. Appuyée contre celle-ci, le visage en feu, elle frissonne. Est-ce que sa mère l'a crue? On n'entend rien dans l'entrée mais elle peut sentir son regard à travers la porte. Lucie ouvre la porte en silence. L'entrée est vide et la chambre de sa mère est fermée. Elle referme hâtivement et enlève le maillot qu'elle repousse sous son lit.

CHAPITRE 5

Lucie dort tard le lendemain matin. Sa mère l'a réveillée, mais elle s'est rendormie. Maintenant qu'elle est presque en retard, elle a plutôt envie de rester couchée.

De plus, elle n'a pas fait ses maths pour aujourd'hui. Il n'y a rien de pire que de se faire sermonner par un professeur devant toute la classe. Elle pourrait prétexter un rhume, mais rester à la maison toute la journée... non merci. Alors, elle se lève. Aller à l'école avec les yeux cernés qu'elle a aujourd'hui, c'est un vrai désastre! Le "look" est si important, souvent même plus que les bonnes notes.

Il lui faut obtenir un bulletin de retard de Doris, la secrétaire de l'école. Dix minutes plus tard, elle entre en classe. Tous la regardent en souriant.

— Où étais-tu? souffle Lorraine.

— Je dormais.

À la pause, Lucie va aux toilettes. Les cernes de ses yeux se sont atténués. Elle souligne ses paupières d'un trait de crayon et se sent davantage elle-même. D'autres filles sont aussi en train de se maquiller. Elle les regarde en souriant. Elle n'a jamais eu besoin de faire comme elles, ses parents l'ayant toujours laissé sortir maquillée comme elle voulait.

Lucie passe le reste de la journée à rêvasser en classe. Dans six jours, elle sera dans l'avion. Ce sera la plus grande aventure de sa vie.

Après le dernier cours, Lucie retrouve Érica devant leurs casiers, plongée dans un magazine qu'elle brandit en disant à Lucie :

— Regarde! As-tu déjà vu des maillots de bain aussi fantastiques ?

Lucie les trouve magnifiques. Trois mannequins étendus sur la plage portent les bikinis les plus étonnants qu'on ait jamais vus : de petits morceaux de lycra qui mettent en valeur leurs corps luisants et bronzés.

— Tu as les jambes qu'il faut pour les porter, insiste Érica.

Lucie sait qu'elle pourrait mourir pour un de ces maillots. Elle sait aussi qu'elle est faite pour les porter. Elle cherche l'adresse du magasin qui les vend, mais c'est à New York.

Elle rend le magazine à Érica, prend ses affaires dans son casier et sort en courant. Lorraine l'attend à la porte.

— Je n'ai jamais rien vu de pareil, s'exclame Lucie avec enthousiasme.

— Qu'est-ce que c'est?

— Lorraine, penses-tu que je serais bien en bikini?

Lorraine la regarde comme si elle était devenue folle et croise les bras attendant davantage d'explications.

— Érica m'a montré des maillots de bain fantastiques dans un magazine de mode, il m'en faut un comme ça pour partir.

— Oui, et un manteau de vison.

Lorraine n'est pas convaincue.

— Je suis sérieuse, je ne peux pas partir avec mon vieux maillot noir.

Elles descendent les marches de l'école.

— Tu sais Lucie, je ne m'y connais pas beaucoup en vêtements. À propos, comment est-ce qu'on s'habille ce soir? dit Lorraine.

— Comme tu veux.

Lucie sait que Lorraine n'a pas un bien grand choix.

— Merci...je trouverai bien quelque chose... on se retrouve à sept heures.

Lucie court chez elle. Sa mère n'est pas là. Elle peut donc sortir les vêtements d'été cachés sous son lit et regarder ce qu'elle veut emporter. Elle a le temps, le ballet ne commence qu'à huit heures. Alors elle appelle l'agence de voyages : sa place est confirmée et elle doit être à l'aéroport deux heures à l'avance.

Elle s'installe dans sa chambre avec un paquet de chips. Elle a tout ce qu'il lui faut comme shorts, T-shirts, petits hauts et même une longue jupe indienne en mousseline. Il ne lui manque qu'un bikini.

Sa mère ne refuse pas de lui donner de l'argent pour ses vêtements mais, cette fois-ci, il va falloir trouver un prétexte pour acheter un maillot de bain en plein hiver! Demain matin, elle ira faire les magasins, elle aura toute la journée pour chercher un bikini, et, le soir, elle sortira avec Clutch.

Il lui faut aussi une valise. Son père a pris la plus petite et toutes les autres sont trop grandes. Son sac à dos serait idéal pour trois jours; mais, en pensant à sa mère toujours si bien habillée, même pour voyager, elle se demande à quoi elle ressemblera dans le hall de l'hôtel Paradis tropical avec son sac à dos couvert d'étiquettes et d'inscriptions amicales. Peut-être les jumelles auraient-elles une valise plus respectable? Le souci de l'apparence devient un piège et une part de Lucie le rejette. C'est quelque chose qu'elle a construit petit à petit avec beaucoup de soin; mais elle sent une autre exigence au fond d'elle-même, ou bien se trompe-t-elle ? Pourquoi les apparences ne s'accordent-elles jamais avec ce qu'elle sent? Veut-elle être libre ou bien libre de tout souci?

Agitée par ces pensées, elle décide, un peu à regret, de prendre son sac à dos.

Lorraine arrive à sept heures. Elle porte son uniforme de sortie. Il lui faut absolument des boucles d'oreilles et un peu de maquillage, pense Lucie.

— J'ai un grand foulard qui irait bien avec ton chandail.

Elle entraîne Lorraine dans sa chambre.

— Lucie, je ne veux rien d'autre, c'est trop, proteste Lorraine.

— Allons, tu ne veux même pas paraître ton âge? dit fermement Lucie.

Une demi-heure plus tard, elles pénètrent toutes les deux dans le foyer du Centre O'Keefe. Une foule enthousiaste est venue applaudir les ballets russes. Elles se fraient un passage jusqu'aux guichets. Les billets les attendent dans une petite enveloppe blanche. On ne demande à Lucie ni sa signature, ni même la carte de crédit de sa mère.

Le spectacle de ballet est superbe. L'un des danseurs ressemble à Clutch et certaines scènes sont à couper le souffle. Lucie découvre qu'elle apprécie chaque minute du spectacle.

Sa mère l'attend à la maison.

— Avez-vous passé une bonne soirée?

demande-t-elle.

— Fantastique!

— Tu te souviens que nous avons vu «Casse-Noisette» ensemble quand tu étais plus jeune?

— Je ne pense pas.

— Pourtant nous y sommes allés, tu avais neuf ans environ.

— J'imagine qu'il y a très longtemps de cela.

Lucie lance un regard glacé à sa mère qui, à sa satisfaction, détourne les yeux.

Elle sait à ce moment que, si sa mère dépense soixante dollars pour des places de ballet, elle ne fera pas d'histoires pour trois cents dollars de plus.

— Devine! Les jumelles m'invitent à passer une fin de semaine chez elles, dit Lucie.

— Quand?

— La prochaine fin de semaine et on fêtera aussi leur anniversaire.

— Comme ce sera amusant! Je suppose que tu vas acheter un cadeau.

— Deux cadeaux. Elles sont jumelles, tu sais, fait remarquer doucement Lucie.

Après le premier mensonge, les autres s'enchaînent. Elle a l'impression de ne plus contrôler ce qu'elle dit mais que ça marche. Sa mère n'a aucun soupçon et c'est tout ce qu'elle veut.

CHAPITRE 6

Le lendemain matin, à peine réveillée, Lucie saute de son lit. Une merveilleuse journée l'attend. Elle va chercher un bikini. Sa mère lui a même proposé de la conduire au Centre Eaton. Elle a annoncé qu'elle y retrouverait Lorraine. C'est un autre mensonge pour éviter que sa mère ne l'accompagne.

C'est samedi matin et sa mère a sorti toutes sortes de casseroles.

— Voudrais-tu des oeufs à la Bénédictine?

— Oh oui!

— Ton père m'en faisait quand nous étions jeunes mariés.

Lucie sait que sa mère est mal à l'aise parce qu'ils sont tous trop occupés. Elle se demande pourquoi ils vivent de cette manière complètement folle. Ses parents n'ont même plus le temps d'être ni ensemble ni avec elle. Son père va leur rapporter de beaux cadeaux mais cela ne remplacera pas ce qui leur manque. Je ne veux pas être comme eux quand je serai grande, se promet Lucie.

Mais il y aussi autre chose. Ils n'ont pas de famille à Toronto. Tous leurs parents sont à New York. Lorraine a des tantes et des cousins. Les jumelles ont une grand-mère géniale qui joue au bingo et, quand elle gagne, elle les emmène à la librairie Britnell pour leur acheter des romans classiques, pas des petits romans à sensation ou à l'eau de rose, mais de vrais livres. La dernière fois que Lucie a vu ses grands-parents, c'était il y a trois ans. Ils habitent en Floride et elle ne veut pas y aller seule. Il faudrait faire le voyage en famille mais, en ce moment, ses parents sont trop occupés.

— Voilà, tu es servie.

Sa mère pose devant elle une belle assiette recouverte de sauce. Lucie est trop excitée pour avoir faim, mais elle mange quand même les oeufs. Ils ne sont pas mauvais, d'ailleurs. Sa mère est plutôt bonne cuisinière.

Après le petit déjeuner, elles sautent dans la voiture et vont jusqu'au Centre Eaton.

— Lucie...

Sa mère a un regard inquiet.

— Oui, répond Lucie en ouvrant la porte.

— Chérie, sois prudente. Évite les ennuis.

Lucie est mécontente. On dirait que sa mère pense encore à cette histoire de chapardage. Tout cela est fini. Ne l'a-t-elle pas prouvé?

— Ne t'inquiète pas, maman.

— Mais non, répond sa mère, trop vite.

Au Centre Eaton, il y a beaucoup de monde. Les vitrines explosent de couleurs. Elle s'arrête dans une petite boutique où il y a plein de maillots de bain. Une vendeuse s'approche. Elle a les cheveux teints en rouge, des boucles d'oreilles en cristal et au moins cinq petits diamants incrustés dans les oreilles. Sa mini-jupe et sa petite veste semblent être en caoutchouc et ses talons aiguilles mesurent bien douze centimètres de hauteur.

— Laissez-moi vous montrer une chose sensationnelle, roucoule-t-elle.

Elle sort un bikini mauve et argent.

— Ce sera parfait pour vous, dit-elle avec un sourire éblouissant.

Lucie regarde le bikini sur le cintre; il est vraiment tentant.

Elle entre dans la cabine et l'essaie. C'est comme si elle n'avait rien sur elle. Absolument comme sur les brochures des agences de voyages. Ses jambes lui paraissent plus longues et sa poitrine plus ronde. Érica avait raison, elle est faite pour porter un bikini. Si seulement, elle ne se sentait pas toute nue!

— Je peux voir?

Lucie est intimidée. Mais la vendeuse a déjà ouvert la porte.

— Fantastique, dit-elle en ouvrant de grands yeux.

— Je n'en suis pas sûre, répond Lucie.

Elle redoute de porter le bikini en public.

— Pas sûre! Mais voyons, vous allez éclipser les autres filles.

C'est quelque chose que Lucie connaît. À Degrassi, elle se compose volontiers des tenues inhabituelles et toutes les filles parlent d'elle.

— Allez-vous dans le Sud? demande la vendeuse.

— Oui, dans un paradis tropical, répond Lucie avec un petit rire.

— Écoutez, sur la plage, les garçons vont être épatés, dit fermement la vendeuse.

— Vous croyez? demande Lucie.

— Croyez-moi, mais attendez! J'ai un paréo qui va avec le bikini.

Dix minutes plus tard, Lucie sort du magasin avec un petit sac en plastique où se trouve le maillot de bain lavande et argent. Elle a renoncé au paréo, il était trop cher pour elle. Pour la première fois, elle a laissé quelqu'un l'influencer pour un achat. Mais la vendeuse était si chic et puis elle lui a dit qu'elle était jolie. Elle était peut-être un peu envieuse... Quelle sensation enivrante!

Lucie sort vingt-cinq cents pour téléphoner à

Lorraine.

— Tu ne devineras jamais ce que je viens d'acheter.

— Un nouveau vêtement, vieille chanceuse.

— Lorraine, un merveilleux bikini, murmure Lucie.

— Comment est-il?

— Assez petit, il est adorable.

— Je veux le voir. Quand rentres-tu chez toi?

— Lorraine, j'ai dit à ma mère que je suis avec toi, tu ne peux pas venir maintenant à la maison.

Lucie trébuche un peu sur les mots.

— Quoi?

— Oui-i... Il fallait bien que je dise quelque chose.

— Je ne sais pas comment tu peux mentir comme ça à ta mère.

La voix de Lorraine est pleine de reproches.

— Que veux-tu dire?

— Rien... je ne pourrais pas faire ça, c'est tout.

— Tu veux me faire la morale?

Lucie la déteste à ce moment-là.

— Non...je ne crois pas, répond Lorraine, hésitante.

— Merci beaucoup!

— Tu pourrais passer ce soir, suggère Lorraine.

— Je ne peux pas, je vais au cinéma avec Clutch.

Lucie entend presque des roues de voiture tourner dans la tête de Lorraine avant que celle-ci ne réponde :

— D'accord, à demain.

Lucie flâne un peu dans le Centre Eaton. Elle a trouvé son maillot en vingt minutes et elle n'a pas envie de rentrer chez elle tout de suite. Elle apprend que, même si on ne veut rien acheter, on se fait harceler par les vendeuses quand on regarde les magasins.

Une heure plus tard, elle prend l'autobus pour rentrer à la maison. Elle veut essayer encore son bikini avant le retour de sa mère. Elle s'enferme dans sa chambre. Le maillot lui va aussi bien que dans le magasin. Elle ne se sent même plus aussi nue. On peut donc s'habituer à tout quand on l'a fait une fois.

Elle range le bikini dans son sac à dos sous son lit. Elle meurt d'envie de téléphoner à Érica pour tout lui raconter. Mais les jumelles sont sorties quand elle les appelle. Alors elle essaie le maquillage et les bijoux de sa mère, jusqu'au moment où elle l'entend rentrer.

— Alors, et ces courses? demande sa mère.

— C'était bien, très bien!

— Je peux voir ce que tu as trouvé?

— Oh!

Lucie sursaute.

— Alors, qu'as-tu acheté?

— Oh...c'est Lorraine qui l'a gardé pour... faire un emballage spécial.

— Bien, mais qu'est-ce que c'est?

— Nous leur offrons des bikinis semblables, lavande et argent, dit Lucie d'une voix très lente.

— Oh! Vous les filles!

Sa mère rit et cela la surprend beaucoup.

— Je vais chercher quelque chose à boire, dit Lucie en se détournant.

Elle va dans la cuisine, le souffle court et les mains moites. Jamais de sa vie, elle n'a pensé ni répondu aussi vite. Et puis, elle se souvient de la réflexion de Lorraine. Que lui est-il arrivé? Elle était amicale et, tout d'un coup, elle est devenue critique et désagréable. A-t-elle changé depuis le cambriolage chez son père ou bien est-elle simplement jalouse?

Tout cela fait que Lucie se sent vaguement coupable. Lorraine ne peut pas deviner qu'elle est obligée de continuer à mentir et qu'elle en est malade. De plus, sa mère est tellement préoccupée par sa propre vie qu'elle ne s'aperçoit de rien. Mais pour le moment, cela lui convient plutôt.

Plus tard, quand Clutch vient la chercher, Lucie est un peu nerveuse. Elle ne tient pas à ce que sa mère voit la voiture, car elle ne lui a pas parlé de son ami. Sortir avec un garçon de dix-huit ans qui est au collège Borden, c'est autre chose que ses copains de Degrassi. Sa mère n'apprécierait sûrement pas Clutch.

Elle court dans la chambre de sa mère, passe la tête par la porte et demande :

— Seras-tu là ce soir?

— Lucie, je dois sortir avec des clients, mais je ne rentrerai pas tard.

— Bon, ça va. Je vais au cinéma.

— J'espère que le cinéma est proche de la maison.

— Je ne sais pas, maman, nous n'avons pas encore décidé.

— Veux-tu que je te conduise?

— Je vais retrouver les autres au coin de la rue.

— Nous pourrions peut-être commander des plats chinois ce soir, plus tard.

— D'accord. Au revoir maman.

Lucie descend l'escalier en courant et sort. Clutch est dans sa voiture et lui sourit.

— Qu'allons-nous voir? demande-t-elle en se glissant dans l'auto.

— Que dirais-tu d'un film d'Eddie Murphy?

Lucie lui sourit.

— Ce serait formidable, dit-elle.

CHAPITRE 7

C'est une journée plutôt différente des autres qui commence à Degrassi. Tandis que monsieur Garcia lui fait un sermon à propos du dernier test de maths, ses amies parlent d'elle d'une façon qui la bouleverserait si elle le savait.

Tout en laçant ses chaussures de tennis pour le cours de gym du lundi, Estelle dit à Lorraine :

— Tu sais, nous avons parlé de Lucie pendant toute la fin de semaine, Érica et moi.

Lorraine enfile son short de gym et s'assoit à côté d'Estelle.

— Nous pensons qu'elle n'agit pas bien.

— Que veux-tu dire?

— C'est presque aussi mal que de voler dans un magasin, dit Estelle.

— Tu es vraiment une amie! rétorque Lorraine.

— Mais, ce n'est pas bien, proteste Estelle.

— Pourtant, toi et Érica, vous étiez excitées par son projet.

Estelle ne répond pas. C'est vrai qu'elles étaient excitées. Elles auraient toutes voulu partir pour une île au soleil et Lucie allait le faire — peut-être pour elles toutes — mais ce serait l'encourager à faire quelque chose de mal.

Lorraine se lève en jetant un regard glacial à Estelle.

— Nous allons être en retard, dit-elle.

— Lorraine, il faut vraiment que je te voie après l'école pour parler de tout ça.

— À tout à l'heure, sur les marches, lance Lorraine.

Après le dernier cours, Lorraine part retrouver les jumelles qui l'attendent sur les marches de l'école. Elle les entraîne vers l'arrière :

— Pas ici, je ne veux pas que Lucie nous voit.

Les jumelles sont un peu impressionnées par Lorraine qui peut être féroce quand elle veut.

— Alors, Estelle, qu'y a-t-il?

— Je crois que nous avons un peu peur, intervient Érica.

Instinctivement, elle protège sa soeur.

— Si elle se fait prendre, nous le serons aussi, s'exclame Estelle.

— Mais Lucie a tout prévu... et nous avons promis de l'aider.

Lorraine n'est pas en colère mais elle est très troublée.

— Nous ne reculons pas... c'est juste que ce n'est pas bien.

— On dirait que vous avez déjà abandonné, crie Lorraine.

— Lucie ne vole pas un magasin, mais elle vole ses parents, dit Estelle en rougissant.

— Ils dépensent tellement pour elle.

— Oui-i...mais elle pourrait demander, dit Érica.

— Je ne suis pas d'accord, murmure Lorraine avec dégoût.

— Nous ne savons pas quoi faire, dit misérablement Estelle.

— Je vais vous dire une chose, moi aussi j'ai réfléchi à tout ça, mais vous n'allez pas la laisser tomber. Rappelez-vous qu'elle doit passer la fin de semaine «chez vous».

— Oui, c'est toujours d'accord, mais nous aurions voulu parler... dit Estelle.

— Il n'y a rien à ajouter. Si vous abandonnez, dites-le-moi. Tout repose sur vous.

— Ne dis rien à Lucie, dit Érica, à voix basse.

— Quoi? demande une voix derrière elles.

Toutes les trois sursautent. C'est Lucie.

— Je vous ai cherchées partout, que se passe-t-il?

Elles sont embarrassées. Lucie se dit qu'elles parlaient de Clutch. Elles ne l'aiment pas trop et elles ont un air tellement coupable.

— Vous parliez de Clutch? demande Lucie avec

un grand sourire.

— C'est un peu ça, bredouille Lorraine, soulagée.

— Nous devons partir, disent les jumelles heureuses de s'échapper.

— Érica, attends que je te montre ce que j'ai acheté! crie Lucie.

— Bon. Appelle-nous plus tard, répond Érica.

Lorraine et Lucie rentrent ensemble. Lorraine est plongée dans ses pensées. Elle aussi est embarrassée, comme les jumelles, mais jamais elle ne laissera tomber Lucie; son amitié est mise à l'épreuve. Si Lucie savait...

— Tu n'as pas entendu un mot de ce que j'ai dit.

Lucie est à côté d'elle.

— Mais si, proteste Lorraine.

— Alors, qu'en penses-tu?

— C'est bien.

Elle fait semblant d'avoir entendu.

— Je vais le faire ce soir, annonce Lucie.

— Pourquoi ce soir?

Lorraine se demande ce que va faire Lucie.

— Parce qu'il ne reste plus que trois jours. Et puis, je pense que je peux compter sur lui. Veux-tu venir aussi?

Lucie regarde Lorraine avec hésitation.

— Où? demande Lorraine qui abandonne son jeu.

— À l'aéroport, idiote. Clutch nous emmène.

Les yeux de Lucie brillent d'excitation.

Lorraine ouvre de grands yeux. C'est donc cela qu'elle a manqué. Lucie va demander à Clutch de la conduire. Avec sa voiture pourrie... Il faut qu'elle se renseigne sur les bus pour l'aéroport... au cas où...

Elles se séparent en approchant de chez elles.

Lucie ouvre la porte et se dirige tout droit sur le téléphone. Elle va parler à Clutch de son voyage et lui demander de la conduire à l'aéroport. Il a envie de sortir avec elle et elle a beaucoup aimé aller avec lui au cinéma; il l'a traitée en grande personne et elle s'est sentie unique. Il a fait plus pour elle que ses parents, et, en y pensant bien, Clutch passe plus de temps avec elle que ses parents. Peut-être qu'en étant davantage avec lui, elle se sentirait moins seule.

— «Où» vas-tu? répète Clutch au téléphone.

Lucie lui raconte tout. Le silence au bout de la ligne lui dit qu'elle a frappé fort.

— Quelle femme «hardie»! répond Clutch.

Cela fait rire Lucie.

— Et si tu es prise?

— On ne me prendra pas.

Elle a l'impression de mesurer deux mètres de haut.

— Veux-tu que je te conduise à l'aéroport?

— Oh! Je n'en reviens pas, je voulais justement te le demander.

— Pas de problème. Que fais-tu maintenant?

— Rien de spécial.

— Je peux venir?

— Bien sûr.

Lucie repose le téléphone et va dans sa chambre. Elle se prépare. Tout en mettant son rouge à lèvres, elle se demande à quelle heure sa mère va rentrer ce soir. On sonne à la porte, elle court ouvrir.

— Salut, dit Clutch.

— Comme tu as fait vite.

— Oui, quand elle veut, ma vieille bagnole se transforme en bolide.

Clutch regarde autour de lui.

— Il n'y a que moi, pauvre petite, dans cette maison, dit Lucie en riant.

— Super, dit Clutch.

— Suis-moi.

Lucie se dirige vers le bureau.

— Qui est le fana d'informatique?

Clutch examine le bureau de son père avec ses disquettes, ses manuels et son ordinateur.

— Mon père.

— Pas mal! Je pense que tes parents sont à l'aise.

— Oui, ça va. Écoute Clutch, je n'ai pas très envie de parler d'eux, dit Lucie d'une voix triste.

— Allons, tu ne t'entends pas avec eux?

Clutch regarde Lucie avec surprise.

— Non, pas vraiment. Chacun mène sa vie. Ce n'est pas terrible.

— Tu crois vraiment?

Clutch s'avance vers Lucie. Elle se laisse tomber sur le canapé et Clutch s'assoit à côté d'elle.

— Que vont-ils dire du voyage?

— Clutch, tu n'es pas venu ici pour me parler de mes parents.

— Non. Il n'y a pas de musique ici?

— Il faut aller dans ma chambre.

Lucie se lève et Clutch la suit. Monter dans sa chambre avec Clutch lui paraît la chose la plus normale du monde. C'est génial de ne pas être seule et sa chambre est la pièce qu'elle préfère dans la maison. Les murs sont entièrement recouverts d'affiches et de photos. Elle a gardé tous ses jouets. Mais Clutch ne s'intéresse qu'à la musique, il choisit un disque de rock, saute sur le lit et se met à danser. Il prend une brosse pour s'en faire un micro et il chante sur la musique. Lucie est assise par terre et elle rit.

La musique est si forte qu'ils n'entendent pas rentrer madame Fernandez. Soudain, une voix appelle : Lucie!

Clutch reste pétrifié sur le lit. Lucie se retourne et se lève d'un bond.

— Oh ! Bonsoir maman. C'est Clutch.

— C'est votre voiture qui est devant la maison? demande madame Fernandez.

— Oui, excusez-moi, il faut que je parte.

Clutch saute du lit et renverse à moitié Lucie. Il a encore la brosse passée à la taille de son jean. Il fait un signe de tête à madame Fernandez, bredouille «à bientôt» à Lucie et fonce hors de la chambre.

— Qui est-ce? demande madame Fernandez.

Du regard, elle fait le tour de la chambre.

— C'est un ami.

Lucie suivrait volontiers Clutch.

— Sais-tu qu'il est parti avec ta brosse?

— Oui-i... je ne t'ai pas entendu arriver, bredouille Lucie.

— Il est à Degrassi?

— Oui, ment Lucie.

— Il semble un peu âgé pour l'école.

— Pourquoi toutes ces questions?

— Je ne crois pas que ta chambre soit un endroit pour recevoir tes amis.

Madame Fernandez est un peu nerveuse.

— Nous écoutions de la musique, maman, c'est tout.

— Pourquoi ne l'ai-je jamais vu avant? insiste sa mère.

— Parce que tu es souvent absente.

Madame Fernandez soupire.

— Lucie, je suis fatiguée, j'ai eu une longue journée et rentrer pour voir ton ami sauter sur ton lit, cela fait beaucoup pour moi.

— Bon. La prochaine fois, nous resterons dans le bureau.

Madame Fernandez sort de la chambre. Lucie regarde par la fenêtre, la voiture de Clutch a disparu. Au moins, sa mère l'a rencontré et elle a eu la satisfaction de la sentir blessée quand elle lui a reproché d'être si souvent absente.

Il faut que je reste dure, pense Lucie. Elle regarde les disques qu'ils s'apprêtaient à faire jouer puis décide de se mettre du vernis sur les ongles de pied. Avec un bikini, il faut des orteils en couleur.

Le vernis fuschia éclate sur ses orteils. Lucie peut presque les voir éclabousser de leur couleur le sable des Bahamas. Elle se demande qui elle va rencontrer. Y aura-t-il des jeunes de son âge? Devra-t-elle s'inventer une histoire?

CHAPITRE 8

Le lendemain matin, pendant le cours de maths de monsieur Garcia, Érica se penche vers Lucie.

— Il faut qu'on parle aujourd'hui, chuchote-t-elle.

— Oui, je sais, répond Lucie de la même façon.

— Que va-t-il se passer si ta mère appelle et veut te parler?

— Silence, s'il vous plait ! dit sévèrement monsieur Garcia.

Lucie mâchonne son stylo tout en essayant de prendre un air attentif. La question d'Érica lui met une boule dans l'estomac. Et si sa mère appelle? Elle n'est pas du genre à vérifier, et puis son père rentre samedi. Ils seront trop occupés à se retrouver pour penser à elle. Malgré tout la question lui trotte dans la tête. Pourquoi a-t-il fallu qu'Érica parle de ça ?

Lucie retrouve les jumelles et Lorraine à la cantine. Elle se glisse sur la chaise à côté de Lorraine.

— Il faut décider, dit Lorraine inquiète.

— Tout ira bien, dit Lucie.

— Écoute, Lucie. Tu vas partir. Si ta mère appelle chez nous, cela peut être très ennuyeux.

Estelle parle sérieusement.

— J'ai pensé à ça.

— Bon. L'une de vous répond au téléphone et l'autre sera sortie avec moi. Voilà ce que vous lui direz.

— Oui... ça pourrait marcher, dit Érica.

Elle regarde anxieusement Estelle qui regarde alors Lorraine et dit :

— C'est d'accord.

— Tout le monde est invité chez moi ce soir. Ma mère sera sortie. Je veux vous montrer mon bikini.

Lucie en meurt d'envie. Les jumelles acceptent.

— Je ne peux pas. J'ai des choses à faire — le ménage — murmure Lorraine.

Lucie la regarde jeter à la poubelle le reste de son sandwich qu'elle n'a pas mangé. Pourquoi ont-elles des vies si différentes? Elle est triste pour Lorraine et il n'y a rien à dire.

Quand elle sort de la cafétéria, Lucie est inquiète. Les jumelles se font du souci, surtout Estelle. Lorraine avait aussi la bouche pincée.

Ce serait terrible si ses amies la lâchaient. Il lui reste trois jours. Maintenant, tout devrait bien se passer.

Un peu plus tard, quand ses amies sonnent à la porte, Lucie leur a préparé une surprise. Elle a mis son bikini sous son peignoir éponge. Elle a emprunté à sa mère une chaîne en argent qui fait deux fois le tour de sa taille et se balance en sautoir sur son nombril. Haut sur les bras, elle a enfilé de fins bracelets d'argent. Pour la touche finale, un bandeau argent retient ses cheveux en arrière tout en les laissant couler sur ses épaules.

Lucie fait entrer ses amies dans le salon en chantonnant «Ta daaa» puis elle défait son peignoir qui tombe sur le sol. Deux paires d'yeux la contemplent.

— Oh! Lucie. Tu es sensationnelle! souffle Érica.

— Ce bikini est fabuleux, dit Estelle.

— Jamais tu ne reviendras, ajoute Érica.

— Alors, vous aimez?

— Tourne-toi, ordonne Estelle.

Lucie pivote sur ses talons. Elle semble sortir d'une annonce publicitaire. Elle paraît bien plus que ses quinze ans. Estelle envie sa ligne. Érica décide de commencer tout de suite un régime pour l'été prochain, tant pis si elle en meurt!

Les jumelles restent silencieuses. Lucie, inquiète, demande :

— Cela va, n'est-ce pas?

— Oh! On va tomber amoureux de toi sur cette île, annonce Érica.

— Super! Je suis prête pour l'aventure.

Lucie tourne comme une danseuse.

— Je me demande comment il sera une fois mouillé, risque Estelle.

— Mouillé! s'écrie Lucie.

Toutes les trois éclatent de rire.

— Je veux voir tout ce que tu emportes, dit Érica.

Elles courent dans la chambre de Lucie qui sort son sac de sous le lit.

— Tu emportes ce vieux truc? demande Érica tout abasourdie.

— Je n'ai rien trouvé de plus petit, explique Lucie.

— Nous avons plusieurs sacs à la maison, propose Estelle.

Lucie tient son vieux sac à dos dans les bras. Elle a envie de le prendre avec elle. Tout va si vite. Il la rassurera dans ce lieu inconnu, il sera familier et puis, c'est le sien. Elle ne veut pas que les autres le sachent, mais elle a besoin de sécurité.

— Ce sac part en vacances, il ira aux Bahamas.

Elle le lance sur son lit.

Soudain, on sonne à la porte.

— Mon Dieu, pourvu que ce ne soit pas ma mère! s'écrie Lucie.

Elle regarde par la fenêtre. Érica court à la

porte tandis qu'elle enfile son jean et sa chemise. Estelle repousse les vêtements sous le lit. C'est alors qu'Érica éclate d'un rire hystérique et qu'une autre voix demande ce qu'il y a de si drôle.

— C'est Lorraine. Je vais te tuer! s'écrie Lucie. Elle s'écroule sur son lit.

— Que se passe-t-il? demande Lorraine. Elle entre dans la chambre avec Érica.

— J'ai tout fait très vite. Je crois que je voulais vraiment voir le bikini.

— Tu m'as presque donné une crise cardiaque, dit Lucie.

— Alors, et ce bikini! réclame Lorraine avec son sourire le plus aimable.

— Lucie enlève son jean. Elle a gardé son bikini en dessous.

— Tu es sensationnelle, murmure Lorraine.

— Tu le penses vraiment?

Lucie réalise à quel point elle désirait l'approbation de Lorraine et comme elle est heureuse qu'elle soit là.

— Lucie, que vas-tu faire pendant trois jours et trois nuits? demande Érica.

— Je serai sur la plage toute la journée et le soir j'irai danser.

Lucie bouge les épaules.

— Oui. Mais faire ça toute seule? insiste Érica.

— Elle va rencontrer toute sorte de gens, suggère Lorraine.

— Avec ce bikini, tu vas être entourée dès le premier jour.

Estelle sourit à Lucie qui lui retourne immédiatement son sourire. Lucie se sent tellement bien. Peut-être qu'un de ces jours elles pourront partir toutes les quatre ensemble, s'étendre sur une plage en bikinis et rendre fous les garçons.

Le téléphone sonne. C'est la mère de Lucie. Elles bavardent quelques instants. Les jumelles partent et Lorraine traîne encore un peu.

— Heureusement qu'Estelle s'est calmée!

— Oui, tu sais... elle pensait que tu faisais, peut-être, quelque chose de mal... et que nous t'y aidions.

— Qu'en penses-tu?

— Moi, je ne pourrais pas faire ça, mon père en mourrait — il faut des nerfs d'acier.

Lucie ne répond rien. Comment dire à Lorraine que ses parents ne se soucient sûrement pas d'elle? Mais c'est vrai qu'elle a du courage, elle est en train de se le prouver.

— Lorraine, je vais le faire et si l'on veut me lâcher, je le ferai seule.

Lorraine la regarde droit dans les yeux.

— Personne ne te lâche. Ce qui m'ennuie, c'est que Clutch te conduise.

— Tu dis ça parce que tu ne l'aimes pas.

— Lucie, tu ne comprends pas. D'accord, qu'il t'emmène!

Lucie se détourne de Lorraine, elle se sent soudain si malheureuse. Pourquoi Lorraine l'ennuie-t-elle autant à propos de Clutch? Les jumelles ont été gentilles avec elle. Personne ne lui dit qu'elle se conduit mal. Elles étaient toutes très excitées, elles admiraient ses vêtements et l'enviaient même.

Tout en enfilant son manteau pour partir, Lorraine dit à Lucie :

— Écoute, mon père me parle toujours de valeurs morales et d'honnêteté. C'est vrai que je suis troublée, mais je ne laisse pas tomber mon amie.

— Merci, Lorraine, tu es vraiment mon amie.

CHAPITRE 9

Le lendemain, en rentrant de l'école, Lucie voit l'auto de sa mère devant la maison. Que fait-elle là à trois heures et demie de l'après-midi? Elle accélère le pas. Elle a un moment de panique. Et si elle avait oublié de ranger son sac à dos sous son lit ? Et si sa mère était entrée dans sa chambre et l'avait trouvé?

Lucie ouvre doucement la porte d'entrée et se glisse à l'intérieur. Aucun signe de sa mère au rez-de-chaussée. Lucie lance son blouson et son sac sur la table de la cuisine et monte l'escalier.

— Lucie, c'est toi? appelle sa mère.

— Bonjour.

Lucie se dirige vers la chambre de sa mère. C'est de là que vient la voix.

— Je reste à la maison. J'ai demandé qu'on me transmette mes communications, dit sa mère.

Lucie regarde sa mère allongée sur le lit. Elle a retiré ses chaussures. Sa serviette est ouverte à côté d'elle avec du courrier à l'intérieur.

— Lucie, tu as encore ma carte de crédit?

Elle regarde sa mère sans répondre. Une petite voix à l'intérieur d'elle-même lui dit que ça y est, elle sait tout.

— Lucie, où est ma carte? répète sa mère.

— Oh! ça... j'ai payé les places de théâtre avec, je m'en souviens. J'ai dû la mettre quelque part, balbutie Lucie.

— Bien. Trouve-la et donne-la-moi.

Lucie va dans sa chambre. La carte est dans un tiroir de sa commode. Sa mère veut simplement la récupérer. Elle va la lui apporter, mais il va falloir rester très calme.

— La voilà.

— Merci, dit sa mère.

Lucie la regarde prendre son porte-monnaie pour y ranger la carte. Il y en a plusieurs autres, une rangée pleine. Elle pense que les adultes ont de la chance. Avec toutes ces cartes de crédit, ils peuvent faire ce qu'ils veulent. Les enfants, eux, doivent faire ce que disent les adultes simplement parce qu'ils n'ont pas d'argent. Cela la rend amère.

— Viens t'asseoir avec moi un moment et raconte-moi ce qui se passe à l'école.

Sa mère lui prépare une place sur son lit avec un chaud sourire.

— Oh! oui.

Lucie enlève ses chaussures et ses chaussettes et s'installe au bord du lit.

— Tu as de beaux ongles.

Lucie cache ses orteils. Le vernis fushia brille comme une enseigne de néon. Elle n'a encore jamais mis de vernis, et sa mère risque d'en tirer des conclusions.

— Tu en as assez de ce morne mois de février.

Sa mère la regarde avec un sourire complice de petite fille.

Lucie lui rend son sourire et balance les pieds au bord du lit, là où on ne peut pas les voir.

— Alors, raconte-moi. Que va-t-il se passer cette fin de semaine?

— Je vais chez les jumelles et nous avons plein de choses à préparer.

Lucie sent monter le ton de sa voix.

— Tu as l'air bien excitée.

Sa mère la regarde attentivement.

— Tu sais, cela va être comme trois jours de vacances.

— Et le test de maths, la semaine dernière, comment s'est-il passé?

— Mal.

— Penses-tu que tu aurais besoin d'un professeur particulier ?

— Non, il faudrait que je fasse quelques révisions, c'est tout. Lucie hausse les épaules.

— Bien. Si vous n'avez pas de cours lundi, vous

pourriez travailler un peu.

Le téléphone sonne. Lucie observe sa mère répondre : cette dernière se transforme immédiatement en véritable agent immobilier. Elle s'assoit, approche sa serviette pour y prendre des papiers. Lucie a l'impression qu'on vient de tirer le tapis sous ses pieds. Elle lance un regard meurtrier à la serviette de sa mère. Elles étaient bien toutes les deux sur son lit. Pourquoi cela ne peut-il pas durer un peu plus longtemps? Pourquoi sa mère ne dit-elle pas qu'elle est avec sa fille et qu'elle rappellera plus tard?

Lucie se couche en boule sur le lit, son corps se recroqueville en un petit peloton solitaire. Et puis elle se laisse glisser du lit et sort de la chambre. Sa mère ne lui a même pas accordé un regard.

Lucie descend à la cuisine pour manger quelque chose. Sa mère avait apparemment l'intention d'être avec elle aujourd'hui. Elle lui a même rapporté son dessert favori : un gâteau aux carottes de Dufflet l'attend dans le réfrigérateur. Lucie en coupe une énorme tranche et se verse un verre de lait. C'est ce qu'elle aime le plus et son père aussi.

Lucie pense à son père. Il est si effacé parfois. Il a été blessé mais tellement calme au moment où elle a volé dans le magasin.

Quel mauvais moment cela avait été pour eux

tous! Après, ses parents avaient fait un effort pour être davantage avec elle, mais Lucie se demandait toujours si c'était parce qu'ils l'aimaient ou s'ils la surveillaient. Et puis, très vite, ils s'étaient laissés reprendre de nouveau par leur travail. Tout ce qu'ils avaient projeté de faire ensemble avait été remis à plus tard.

Tout en mangeant son gâteau aux carottes, Lucie se rend compte qu'elle n'est pas aussi excitée qu'elle croit par son voyage; le vieux halo sombre monte de nouveau en elle. Sa mère a été si confiante. Cela devrait l'encourager, mais elle se sent triste, rien qu'en mangeant le gâteau aux carottes. Un peu de culpabilité se glisse malgré elle dans chaque bouchée du délicieux gâteau.

Lorraine l'appelle peu après et la distrait de ses pensées moroses.

— Comment ça va?

— Tout va bien.

Lucie repousse l'assiette de gâteau.

— Tu sais qu'il y a un bus pour l'aéroport qui part de l'hôtel Royal York?

— Lorraine, Clutch ne va pas me laisser tomber.

Lucie est en colère.

— C'est bon d'avoir une deuxième solution.

— Tout ira bien, crie Lucie.

— Que se passe-t-il? demande une voix derrière elle.

Lucie sursaute. C'est sa mère, elle tient sa serviette d'une main et les clés de la voiture de l'autre.

— Chérie...

— Ça va. J'ai un problème avec Lorraine.

Nerveuse, elle regarde sa mère et soupire en voyant les clés :

— Oui, je sais, tu dois partir.

— Je pense que papa va téléphoner ce soir de San Francisco.

— Un instant, Lorraine.

Lucie met le téléphone contre sa poitrine, pour écouter sa mère.

— Prends le temps de parler avec lui. Fais-toi chauffer de la lasagne pour souper. Je ne rentrerai pas tard.

— Oui.

— Et Lucie...

— Quoi?

— Travaille un peu les maths. Ça ne te tuera pas, suggère sa mère.

Lucie acquiesce vaguement et fait un signe à sa mère qui s'en va. Elle demande à Lorraine :

— Tu es toujours là? Tu ne veux pas sortir?

Pour rien au monde, elle ne veut rester à la maison à faire des maths et manger de la lasagne.

— Je pense que, si je demande à mon père de sortir, il va me faire un sermon.

Lorraine ayant peu d'espoir, elles continuent à parler un peu du voyage. Quand Lucie raccroche, elle sait qui va l'aider.

Elle appelle Clutch. Vingt minutes plus tard, il est là.

Elle verrouille la porte de la maison tout en surveillant la rue nerveusement. Comme d'habitude, la radio de Clutch hurle ; lui, il est épatant, il porte une veste de cuir avec toutes sortes d'épingles.

— Viens.

Clutch se penche pour lui ouvrir la portière.

— Où allons-nous? demande Lucie.

Elle se sent déjà beaucoup mieux.

— Il y a un nouveau club sur Sherbourne.

Clutch jette un coup d'oeil rapide à Lucie.

— Je ne pourrai pas entrer.

— Mais si. J'ai de fausses cartes d'identité et toi tu mets juste un peu de rouge à lèvres, dit-il en souriant.

Lucie sort un rouge à lèvres de son sac. C'est peut-être le moment de voir quel âge elle peut paraître. Les jumelles et Lorraine prétendent qu'elle peut faire beaucoup plus âgée.

Elle souligne ses lèvres de rouge vif.

Clutch range la voiture dans une petite rue, il sort un paquet de fausses cartes. Des jeunes les ont perdues ou vendues.

C'est un endroit aux murs peints en noir sur lesquels éclatent des graphismes rouges et violets. Les autres clients sont nettement plus âgés que Lucie. Clutch lui prend la main pour entrer. Personne ne leur dit rien, et ils trouvent une petite table.

— Clutch... je ne veux pas boire.

— Une bière... c'est tout.

— Que prendrez-vous?

Une serveuse vient de surgir à côté de Lucie.

— Euh... je prendrai...

— Vous avez votre carte?

La serveuse a un large sourire.

— Deux Coke, interrompt Clutch.

La serveuse lève un sourcil ironique et s'éloigne. Lucie regarde Clutch qui lui fait un clin d'œil et lui sourit.

— On panique, Lucie Fernandez.

— Pas du tout.

— Tu as hésité et elle l'a senti.

— Pourquoi t'es-tu dégonflé?

Lucie est agacée par son air supérieur.

— Je voulais te tenir compagnie, tu sais, faire ce que tu avais envie.

— Merci, dit Lucie.

Elle voudrait tellement pouvoir le croire.

— Tu sais ce qu'on boit sur ces îles? C'est le pays du rhum.

Clutch chante avec un accent du Sud qui fait rire Lucie.

— Alors, j'en boirai.

— Je voudrais voir ça, dit-il en se penchant vers Lucie.

— Tu ne le verras pas car je serai loin et toi, tu

seras ici.

Lucie fait claquer ses doigts sous son nez.

— Oh! je peux me rattraper.

— As-tu des frères et des soeurs, Clutch?

— J'ai deux frères plus âgés et toi?

— Je suis fille unique, dit doucement Lucie.

— Tu ne te sens pas trop seule?

— Un peu...

Elle regarde au loin.

— Tu ne le seras plus. Je vais être comme ton ombre.

— D'accord. C'est super.

— Et ta mère, qu'a-t-elle dit de moi?

— Elle n'a pas aimé que tu danses sur mon lit.

— Et quoi d'autre?

— Rien... je ne pense pas qu'elle s'intéresse à mes amis. Après tout, je vais avoir seize ans.

— Veux-tu une leçon de conduite?

— Oh! Clutch, vraiment?

— Viens.

Il repousse sa chaise et tend la main à Lucie.

La leçon de conduite dure une trentaine de secondes. Lucie est terrifiée. Elle a envie de jouer à la grande personne, mais quand la voiture avance elle ne sait plus quoi faire et elle freine si brusquement que Clutch se cogne la tête. Elle lui demande de reprendre la voiture, mais il n'a pas envie de rentrer déjà.

— Allons chez Lick.

Il se glisse derrière le volant et démarre.

— C'est loin vers la plage, je préfère aller à la maison.

— Allons, Lucie. Tu m'as dit que ta mère ne s'inquiète pas.

— Je veux rentrer, répète Lucie.

— On ne s'est même pas encore amusé, proteste Clutch.

— Moi, oui. Et puis, j'ai un devoir de maths.

— Je peux faire l'aller et le retour en un éclair.

Clutch appuie sur l'accélérateur.

— Arrête et ramène-moi à la maison, crie Lucie.

Il écrase la pédale de freins et la voiture s'arrête dans un grincement. Sans un mot, il reconduit Lucie chez elle.

CHAPITRE 10

Lucie entre dans la maison sans lumière. Elle entend Clutch s'éloigner et s'appuie un moment contre la porte. Il est presque neuf heures et elle est rentrée avant sa mère, mais elle se sent comme un paquet de nerfs. Les leçons de conduite attendront un peu. Elle en frissonne encore. Elle allume toutes les lumières de la maison et se demande ce que Clutch peut penser d'elle. Voudra-t-il encore lui parler?

Mais ce n'est pas sa faute à elle. Il lui fait des surprises parfois trop fortes et elle ne voulait pas lui dire que, deux jours avant son voyage, elle préférait éviter les ennuis.

— Clutch, pense-t-elle, j'aime ton côté aventureux mais quelquefois, tu vas trop loin et tu me fais peur.

Elle réalise soudain qu'elle a faim. Elle met la

lasagne à chauffer. Elle regarde tourner le plat derrière la petite porte vitrée du four à micro-ondes et s'imagine en train de danser sur une plage de sable doré, une plage des Bahamas. Dans deux jours, elle va pouvoir réaliser ses rêves et les choses les plus fantastiques vont lui arriver. Elle laissera derrière elle tous les ennuis et n'aura plus à regarder les magazines en se disant que ces merveilles n'arrivent qu'aux autres.

La sonnerie stridente et désagréable du téléphone la dérange dans sa rêverie. Elle décroche :

— Allô... Lucie ? dit son père.

— Papa!

— Où étiez-vous ? J'ai appelé toute la soirée.

Son père semble ennuyé.

— Oh! Maman travaille et j'étais... dans ma chambre avec la radio.

— Mais j'ai appelé au moins cinq fois. Tout va bien?

Il a vraiment l'air soucieux.

— Parfaitement, dit rapidement Lucie.

— Veux-tu quelque chose de San Francisco?

— Oh! n'importe quoi.

— Tout va vraiment bien? demande de nouveau son père.

— Oui.

— Nous irons dîner tous ensemble à mon retour.

— D'accord.

— Dis à maman. Bon... je serai à la maison

samedi... Écoute, il y a des gens qui m'attendent ici, je suis déjà en retard. Au revoir ma chérie.

— Papa... commence Lucie.

Son père a déjà raccroché.

Lucie regarde le téléphone qu'elle tient à la main, elle a envie de le fracasser, mais elle finit par le poser tranquillement. Elle ne sait même pas ce qu'elle aurait voulu dire à son père, mais il a fait ce qu'il fallait pour qu'elle ne puisse pas le lui dire. Elle est en colère contre elle-même. Quand son père a parlé d'aller dîner dehors, elle a failli fondre en larmes. Elle ne comprend pas pourquoi. Quand il a demandé si tout allait bien, elle s'est aussi trouvée tellement émue. Son père, à des kilomètres au loin, à San Francisco, a essayé de se comporter en père, mais cela n'a pas marché. Que se serait-il passé si elle avait dit que tout va mal? Aurait-il pris le premier avion pour rentrer? Pourquoi est-elle en larmes?

Arrête, Lucie Fernandez, lui dit l'autre Lucie, la dure, la décontractée. Tu ne vas pas t'effondrer maintenant, tu vas te tirer de tout ça et t'éloigner de parents qui ne sont jamais là. C'est vrai qu'elle déteste les vieilles routines alors qu'elle aime l'excitation de la nouveauté. Ce n'est pas maintenant qu'elle a fabriqué toute une aventure qu'elle va craquer. Cela n'irait pas.

Elle se sert de la lasagne et va allumer la télévision. Elle s'assoit pour manger en regardant «Dallas». C'est une assez bonne compagnie mais le meilleur c'est encore la publicité au milieu du film. Un couple splendide passe des vacances romantiques dans un endroit appelé Tobago. Cela ressemble aux Bahamas.

— Ça va être moi, dit-elle à haute voix.

Ses orteils se crispent d'excitation.

Après «Dallas», elle ne trouve rien d'autre à regarder. Peu après, la porte s'ouvre, c'est sa mère qui rentre. Elle éteint la télévision. Son sac est sur la table de la cuisine et il n'y a aucun signe des devoirs qu'elle n'a pas faits.

— Bonsoir ma chérie. Comment était la lasagne?

Lucie va retrouver sa mère qui coupe un pamplemousse dans la cuisine.

— Tu continues ton régime? demande Lucie.

Elle lui sourit en faisant un signe de la tête.

— Oh! Papa a appelé.

— Qu'a-t-il dit?

— Il sera à la maison pour la fin de cette semaine, samedi.

Sa mère plonge sa cuillère dans le pamplemousse.

— Et tu seras absente. Tu devrais peut-être revenir à la maison dimanche.

Lucie, horrifiée, regarde sa mère. S'agit-il d'une horrible blague?

— Bon. Qu'ai-je dit de si monstrueux?

— Non. Nous avons préparé ça depuis des semaines. Je ne peux pas laisser tomber, explose

Lucie.

— Bien. Bien.

Sa mère lève les mains en signe de démission.

— Je verrai Papa lundi et ainsi vous pourrez être ensemble.

— Lucie, merci.

Sa mère la regarde avec un sourire amusé.

Lucie retient avec peine un soupir de soulagement. Elle regarde sa mère avec appréhension. Va-t-elle avoir encore une autre idée géniale? Mais elle semble préoccupée uniquement par son pamplemousse. Le téléphone sonne et Lucie en profite pour sortir de la cuisine avec son sac. Elle est déjà dans l'escalier quand sa mère l'appelle.

— Lucie, c'est pour toi.

Elle court dans sa chambre et décroche le téléphone.

C'est Érica et Lucie est heureuse qu'on l'appelle.

— Salut, tu es prête?

— Oui, mais figure-toi ce qui m'arrive. Ma mère voudrait que je sois à la maison dimanche.

— Tu plaisantes!

— Je m'en suis sortie de justesse.

— Tu as des nerfs d'acier vraiment!

— Je suis restée calme, c'est tout.

— Si quelqu'un a du sang-froid, c'est bien toi. Érica se met à rire.

— Ce que je voudrais, c'est que toi et Estelle preniez les choses calmement.

Lucie parle avec une certaine hésitation.

— Ne t'inquiète pas. Je crois que nous avons tout prévu.

— Et si cela devenait trop difficile, vous pourriez toujours dire que vous ne savez pas où je suis.

— Je ne sais pas si Estelle sera d'accord, mais je lui en parlerai, promet Érica.

Lucie soupire. Ainsi il y a encore des difficultés avec Estelle. En face de Lucie elle dit une chose, et avec sa soeur elle dit autre chose. Pourquoi faire autant d'histoires? Sa mère ne vérifiera pas et si elle appelle ce sera très simple.

— Lucie, tu es bien là?

Érica semble ennuyée.

— Oui, je suis là.

— Ne t'inquiète pas. Pense qu'après-demain, tu seras partie.

— Veux-tu venir à l'aéroport?

Lucie pense qu'Érica est si gaie qu'elle aimerait bien qu'elle l'accompagne.

— Et Clutch ? plaisante Érica.

— Oui, avec Clutch.

Lucie se sent de nouveau tendue.

— Tu es sûre que je ne vous dérangerais pas?

— Oh ! arrête Érica. Il y assez de Lorraine qui fait des histoires avec Clutch.

— Alors. Comment fait-on?

Lucie lui explique. Clutch les attendra à deux heures devant l'école. Elles manqueront le dernier cours, mais il pourra probablement les ramener pour quatre heures. Elle ne dit pas qu'elle n'est pas sûre que Clutch la rappelle.

— J'en parlerai à Estelle, promet Érica.

Lucie sait qu'Érica a les moyens de convaincre sa soeur car elles sont jumelles. Lucie les a toujours enviées. Elles sont toujours deux, même si elles ne font pas la même chose. Ce doit être merveilleux d'avoir une soeur, une sorte d'amie toute prête qui est toujours là. De cette façon, on n'est jamais seule.

Soudain, Lucie réalise que sa mère est sur le pas de la porte.

— Tu es encore au téléphone. Il est presque dix heures et demie, tu sais.

Lucie murmure «bonsoir», et raccroche.

— Non, j'ai fini.

— Vous aurez toute la fin de semaine pour bavarder.

— Je vais me coucher.

— Veux-tu que je te dépose chez les jumelles vendredi soir? demande sa mère.

— Non, non. J'irai chez elles après l'école.

— Mais tes affaires, tes vêtements, ta brosse à dents?

— Oh, je mettrai tout dans mon vieux sac à dos que j'emporterai à l'école.

— As-tu besoin d'autre chose?

Lucie se dit que c'est le moment de demander de l'argent. Demain, ce sera trop tard.

— Maman, pourrais-tu me prêter de l'argent?
Elle se sent devenir toute rouge.

— Combien?

— Cinquante dollars.

— Mais, pourquoi? s'exclame sa mère.

Lucie a répété ce qu'elle va dire. Pourvu que sa mère la croit.

— La grand-mère des jumelles a dit qu'elle allait nous faire des robes pour la fête de fin d'année. Elle va venir prendre nos mesures.

— Bien. Mais cet argent, c'est pour le tissu ou pour la façon?

— Pour les deux, répond rapidement Lucie.

— C'est une bonne affaire.

Lucie sourit, elle sait qu'elle a gagné la partie.

CHAPITRE 11

Lucie presse du shampooing dans sa main et se frotte les cheveux. C'est mercredi matin et, comme elle s'est réveillée de bonne heure, elle a décidé de se laver les cheveux. Elle chantonne sous la douche «Plus qu'un jour. C'est demain jeudi et vendredi... je pars».

Elle trouve bien long d'attendre jusqu'à demain pour dire à Lorraine qu'elle n'a plus de problème d'argent. Elle ne racontera pas aux autres ce qu'elle a dit à sa mère, ça ne les regarde pas; mais elle a réussi, c'est l'important. Il lui reste maintenant à savoir si elle peut compter sur Clutch. Lui en veut-il encore?

En arrivant à l'école, Lucie rencontre un attroupement devant les casiers. On parle de la remise des diplômes en juin et tous veulent faire partie du comité d'organisation. Comment peut-on s'intéresser au mois de juin, se demande-t-elle, c'est tellement loin. Elle s'éloigne du petit groupe se sentant curieusement indifférente et presque supérieure.

Lorraine la rejoint pour le premier cours.

— Tu sais, en me réveillant ce matin, j'ai réalisé qu'il n'y a plus qu'un jour.

— Je sais. Je suis tellement impatiente.

— J'espère que tout ira bien, ajoute Lorraine.

Lucie lui lance un sourire indulgent. Elle est rabat-joie, mais Lucie sait que c'est sa façon de lui manifester son affection. Elle est follement tentée de se lever pendant la classe et de dire à ses camarades : regardez-moi bien, je vais faire une chose absolument fantastique. Ils en baveraient d'envie et elle serait si heureuse que la méchante auréole noire disparaîtrait pour toujours.

Le reste de la journée défile dans un brouillard. Lucie passe de classe en classe, enfermée dans son propre univers. Elle ne note même pas les devoirs à faire. Elle attend. Peut-être même qu'elle ne reviendra pas; elle pourrait vivre sur la plage ou travailler. Il y a des jeunes qui font ça. Tout est possible.

Lucie sort de l'école avec Lorraine. Une surprise l'attend. Clutch, dans son auto, est de l'autre côté de la rue. Elle pense que tout va bien; s'il était fâché, il ne serait pas venu. Sa voiture est très entourée. Quand on va avoir seize ans, apprendre à conduire devient une priorité, même si la plupart ne tiendront un volant que bien plus tard.

— Il t'attend? demande Lorraine.

— Je ne sais pas.

Lucie a un sourire crispé et elle se passe la main dans les cheveux.

— Bon. Je pense que je n'ai plus qu'à disparaître, dit Lorraine.

— Cela t'ennuie? demande Lucie.

— Pourquoi? C'est ton ami.

— Écoute. C'est quelqu'un de sûr. J'apprends à le connaître.

— Demande-lui bien d'arriver de bonne heure vendredi.

Lucie regarde Lorraine s'éloigner. Elle ne changera pas d'opinion à propos de Clutch. Mais c'est peut-être ainsi que les choses doivent se passer, se dit-elle en se dirigeant vers la voiture de Clutch. Celui-ci rit, la tête rejetée en arrière et elle sait qu'il plait beaucoup aux filles qui sont là. Elles le regardent avec des airs idiots et aguicheurs tout en surveillant Lucie qui approche.

— Je vous dérange? demande-t-elle.

— Non. Je t'attendais.

Lucie se glisse derrière une fille à moitié couchée sur la portière du passager.

— Excuse-moi, dit-elle.

La fille se retire lentement, fait un sourire idiot

à Lucie et la regarde monter dans la voiture. Elle dit à Clutch :

— J'ai adoré parler avec toi. À bientôt, d'accord?

Clutch lui sourit et fait demi-tour. Lucie se sent irritée.

— Salut, fait Clutch.

Il regarde Lucie du coin de l'oeil.

— Qui était-ce?

— Je ne sais pas.

— Oh! vraiment, dit Lucie, sarcastique.

— Je t'assure.

Son visage est fermé quand il répond, mais aussitôt après, il se met à rire.

Lucie rit aussi. La blonde éprouvait visiblement beaucoup d'intérêt pour Clutch et tout aussi évidemment elle ne pouvait pas supporter Lucie. Clutch avait l'air de trouver la situation très drôle; en fait, c'était drôle, mais seulement parce qu'il était venu la chercher.

— Clutch, je suis désolée pour hier soir...

— Ça va. J'ai pensé que ta mère n'est peut-être pas aussi libérale que tu le dis.

— C'est un peu ça ... murmure Lucie.

— Ce n'est pas grave, tu sais.

Il la regarde chaleureusement et lui sourit.

Lucie lui rend son sourire. Elle entend une petite voix dans sa tête lui chantonner que tout ira bien.

— Tu sais j'ai pensé à ton... voyage. Il parle très

lentement.

— Et alors?

— Accepterais-tu qu'on t'accompagne?

— Qu'entends-tu par là?

— Vois-tu, cela ne m'ennuierait pas de t'accompagner.

Lucie est tellement étonnée qu'elle ne sait pas quoi répondre. Comment pourrait-il venir? Il ne s'agit pas d'un concert de rock. Son forfait de voyage est payé. Il n'a jamais été question que Clutch vienne aussi.

— J'ai un compte d'épargne pour l'université sur lequel je pourrais prélever une certaine somme.

Lucie se sent prise de panique, elle ne peut plus avaler. Clutch attend une réponse et elle se sent pétrifiée. Ça ressemble à hier soir.

— Alors qu'en dis-tu?

— Clutch, je ne sais pas... c'est mon voyage... je crois... je veux vraiment le faire seule.

— Oui, mais imagine aussi comme nous pourrions nous amuser ensemble.

Clutch renforce ses paroles d'un grand sourire. Oh! non, pense Lucie. Cela va recommencer comme hier soir. Il veut s'accrocher à son voyage à elle, et ça, elle ne le veut pas. Comment le lui dire sans le blesser? Il la regarde en souriant. Alors, elle respire profondément et se tourne vers lui.

— Clutch, je ne sais pas comment te le dire,

mais c'est quelque chose que je veux faire seule.

Clutch ne répond rien, le silence devient pesant. Lucie regarde devant elle; il est sûrement fâché, et il cherche à s'en sortir.

— Je t'aime beaucoup, dit Lucie d'une petite voix.

Clutch regarde par la fenêtre d'un air boudeur. Elle continue :

— Mais je n'avais pas prévu de partir avec quelqu'un.

Il se tourne vers elle :

— Bien sûr. J'ai compris.

— Veux-tu entrer à la maison un moment?

Lucie essaie d'arranger la situation.

— No-on... je ne crois pas...

— Oh ! Clutch, je suis désolée...

Elle sort de la voiture. Elle est embarrassée et le regarde.

Il est nerveux comme s'il voulait être ailleurs. Après un sourire hésitant, il recule la voiture. Lucie fait un signe de la main, elle reste devant la porte jusqu'à ce que Clutch et son auto aient disparu au coin de la rue. Ils n'ont pas parlé que Clutch la conduise à l'aéroport et elle ne sait pas qu'en penser. Comment va-t-elle le lui demander? De toute façon, elle va le faire et bientôt.

Lucie monte les marches pour rentrer chez elle. Elle est heureuse d'être à la maison et d'y être seule. Pourquoi Clutch s'est-il décidé comme ça à vouloir l'accompagner? Tout d'abord elle s'est sentie coupable de refuser, mais elle a vite balayé ce sentiment. Néanmoins, elle se demande ce qu'il pense. Est-il toujours comme ça? Il la pousse à faire ce qu'elle ne veut pas. Si elle ne lui avait pas parlé du voyage, ils n'en seraient pas là. Il avait eu d'elle une fausse impression. Peut-être Lorraine avait-elle raison.

Lucie ouvre le réfrigérateur et se sert du gâteau aux carottes. Elle prend aussi un Coke et monte à sa chambre. C'est le moment de préparer ses bagages. Érica lui a conseillé d'emporter de la crème solaire. Son teint a beau être plus foncé que celui des jumelles, elle a la peau fragile. Érica lui a aussi suggéré des lunettes de soleil, et elle est d'accord.

Elle veut terminer son sac avant le retour de sa mère.

Elle le vide d'abord sur son lit, puis se met à tout plier : trois shorts avec leurs débardeurs, un bikini, deux jupes et une robe en coton. Elle réalise soudain qu'elle a oublié les sous-vêtements, alors elle les rajoute. Mais elle n'a pas de sandales. Elle a jeté sa vieille paire de l'année dernière et c'est trop tard pour en acheter d'autres, alors elle prend ses ballerines roses. Cela ira; de plus, il y a des chances pour que dans l'île tout le monde soit pieds nus.

Elle trouve ses lunettes de soleil. Ce n'est pas un de ces modèles aux montures larges qui donnent beaucoup de mystère, mais des lunettes toutes simples avec une monture de plastique rouge. Elles seront horribles avec le bikini, mais elle les prend quand même tout en se disant qu'elle ne les portera pas.

Vingt minutes plus tard le sac est terminé, et Lucie appelle Lorraine pour lui annoncer qu'elle est absolument prête. Mais elle ne s'attend pas à la question de cette dernière :

— Tu sais, j'ai pensé à ton voyage. As-tu un passeport ou une carte d'identité?

Lucie est terrifiée. Elle ne sait même pas si elle a un passeport.

La voix de Lorraine éclate à son oreille :

— Alors, en as-tu un?

— Je ne sais pas. Oh! Lorraine, tout va mal; d'abord Clutch et maintenant ça.

Sa voix devient presque hystérique.

— Bon, tu commences par appeler l'agence de voyages pour savoir. Mais qu'a donc fait ce faux-jeton?

Lucie ne répond pas, ce n'est pas l'heure des explications, et elle ne supporterait pas les «je te l'avais bien dit» de Lorraine.

— Alors tu me racontes?

Lucie fait semblant de ne pas avoir entendu la question de Lorraine.

— Il faut que je te quitte pour téléphoner à l'agence.

— Lucie, ne raccroche pas. Qu'arrive-t-il avec

Clutch? crie Lorraine.

— Je ne peux pas parler maintenant.

Lucie claque le téléphone.

CHAPITRE 12

Lucie fouille soigneusement dans le tiroir du bureau de son père. C'est là que ses parents gardent les papiers importants. Mais il n'y a pas trace de passeport. L'agence était fermée quand elle a téléphoné, de sorte qu'elle a bondi dans le bureau. Cette grande table avec tous ses tiroirs contient sûrement quelque chose. Elle trouve des factures, des souches de carnets de chèques et des papiers concernant la maison, et finalement une petite enveloppe blanche sur laquelle est écrit «Lucie». Elle l'ouvre rapidement et trouve à l'intérieur une petite feuille pliée. C'est son certificat de naissance. Elle remonte dans sa chambre et glisse l'enveloppe dans son sac.

C'est d'une main tremblante qu'elle compose le numéro de Lorraine.

— J'ai une copie de mon certificat de naissance.

— Lucie, je pense que tu devrais appeler l'agence pour vérifier.

— Elle est fermée.

— Oh!

— C'est la première chose que je ferai demain matin.

— Alors, tu me parles de Clutch?

— Il n'y a rien.

— Lucie, ça devient sérieux pour toi?

— Oui et non.

Elle préfère être honnête.

— Qu'est-ce que ça veut dire?

Lorraine est visiblement indignée.

— Du calme, Lorraine. Il n'y a rien d'impossible.

— Tu sais qu'il est fou.

— Oui et c'est pour ça qu'il me plaît.

En le disant, elle réalise que c'est vrai, même si parfois il lui fait peur.

— Oh! Lucie. Pourquoi penses-tu qu'on l'appelle monsieur Action ?

— Parce qu'il est génial et qu'ils sont tous jaloux, interrompt Lucie.

Lorraine se tait un instant.

— Bien. Écoute, je voulais juste te prévenir.

— Lorraine, je ne veux plus rien entendre sur Clutch à partir de maintenant. D'accord?

— Bon... J'ai compris... dit Lorraine qui raccroche.

Lucie se dit que c'est la seconde fois aujourd'hui qu'on lui répond «j'ai compris», mais ils n'ont pas vraiment compris.

Elle regarde le certificat de naissance qu'elle tient à la main.

Il est écrit qu'elle est née à New York. Mais depuis, ses parents ont déménagé au Canada. Elle se souvient d'avoir entendu son père dire qu'elle est citoyenne canadienne. Dans ce cas, elle a peut-être un passeport quelque part. Elle va devoir interroger sa mère sans éveiller ses soupçons.

Lucie marche dans la maison en se rongeant les ongles. C'est horrible d'avoir un contre-temps au dernier moment. Pourquoi personne n'y-a-t-il pas pensé avant?

Quand sa mère rentre à la maison, Lucie doit se retenir de bondir pour l'interroger. Elle sait qu'elle doit rester calme.

— Bonsoir, ma chérie. La journée a été bien longue. Je me sens prête pour la fin de semaine.

— Bonsoir, maman.

— Donne-moi le temps de me changer et ensuite je préparerai le repas.

Lucie suit sa mère, elle monte avec elle jusque dans sa chambre. Sa maman enlève ses chaussures et suspend sa veste de tailleur, et Lucie, qui ne peut plus attendre, demande brusquement :

— Maman, avons-nous des passeports?

Sa mère, très étonnée par la question, répond :

— Eh bien! ton père et moi en avons un, mais nous n'en avons pas encore demandé pour toi. Pourquoi me demandes-tu ça?

Lucie la regarde fixement. Toutes les pensées qui lui traversent l'esprit sont pires les unes que les autres.

— Tu as un projet de voyage?

Sa mère parle avec un sourire forcé.

Lucie sursaute comme si elle avait reçu une décharge électrique.

— Que se passe-t-il, Lucie?

Elle se force à être calme et répond du ton le plus nonchalant possible :

— Oh! rien. Quelqu'un à l'école en parlait et je me demandais si j'en avais un.

— Une de tes amies part en voyage?

— Oui. Elle va sur une île, quelque part... aux Caraïbes.

— Elle a de la chance. Je partirais bien tout de suite sur une île au soleil.

Lucie regarde sa mère. A-t-elle des soupçons? Elle est en train d'enfiler une combinaison de velours noir et semble avoir oublié la conversation.

— Peut-on voyager sans passeport?

— Parfois. Que veux-tu manger?

— J'aimerais bien une de tes salades.

Lucie répond sans réfléchir. Manger est la dernière de ses préoccupations.

— Bien. Allons-voir ce que nous pouvons

trouver.

Sa mère descend mais Lucie reste un moment dans la chambre. Elle ne pouvait rien dire de plus, sans que sa mère se pose des questions. Elle est déjà si près de la vérité! Elle a senti son estomac se nouer et elle avait la gorge toute sèche! Mais elle n'est pas plus avancée pour autant; elle va appeler Lorraine avec le téléphone de sa mère.

— Lorraine, je deviens folle, je ne sais pas quoi faire.

— Est-ce que ta mère est là?

— Oui... enfin, je veux dire non... elle est en bas.

— Bon. Qu'a-t-elle dit?

— Je n'ai pas de passeport, mais ce n'est pas toujours nécessaire.

— Oh! Lucie, tu ferais mieux de vérifier.

— Comment? répond-elle violemment.

— Lucie?

La voix de sa mère monte jusqu'à elle. Précipitamment elle dit à Lorraine :

— Il faut que je te laisse.

— Mais que vas-tu faire?

— Je ne sais pas pas, je ne sais vraiment pas.

Elle descend lentement l'escalier. Peut-être que les jumelles ou bien Clutch pourraient lui donner le renseignement dont elle a besoin. Mais elle n'est sûrement pas prête à dîner gentiment avec sa mère. Un grand saladier est déjà sur la table, et sa mère lui dit en souriant :

— Je fais une omelette pour accompagner la salade.

Lucie tire sa chaise et s'assied. Sa mère fait glisser dans son assiette l'omelette moelleuse où transparaissent des morceaux de fromage fondu. Elle n'a pas faim mais elle sait qu'elle va devoir rester à table jusqu'à la fin du repas. Sa mère propose:

— Je prendrai bien un peu de vin blanc. Veux-tu en goûter?

— Non merci.

Ses parents adorent le vin et ils en parlent beaucoup. S'ils ouvrent une bonne bouteille, Lucie a droit à un petit exposé sur le vin. On lui en verse un peu pour qu'elle goûte et donne son avis. Mais, en ce qui la concerne, elle trouve tous les vins détestables. Ils échangent ensuite des regards de grandes personnes dont elle se sent exclue. C'est comme s'ils avaient leur monde à eux et qu'elle n'était qu'un jouet.

Sa mère se sert un verre de vin et lève son verre en disant : «Bon appétit».

Lucie coupe son omelette en petits morceaux qu'elle pousse avec sa fourchette. Elle ne touche pas à sa salade alors que sa mère mange avec appétit et boit, de temps à autre, une gorgée de vin.

— Lucie, tu ne manges pas.

Lucie lève les yeux de son assiette où s'empile une pyramide d'omelette.

— Maman, je n'ai pas faim.

— Qu'est-ce que tu as? Ne me dis pas que tu t'es bourrée de gâteau aux carottes.

— Je ne me sens pas... bien... je n'ai pas très faim.

L'excuse est un peu maigre, elle le sait. Mais sa mère se penche pour lui toucher le front.

— J'espère que tu ne couves pas quelque chose. Humm, tu es un peu chaude.

Lucie se lève de table.

— Maman, si tu veux bien, je vais monter me coucher.

— Bien, ma chérie, une longue nuit te fera du bien, surtout si, cette fin de semaine, vous ne devez pas beaucoup dormir.

Si seulement sa mère savait ce qui va se passer à la fin de la semaine! Elle monte dans sa chambre et se met en chemise de nuit. Étendue sur son lit, elle se sent réellement un peu malade. Il faut qu'elle y arrive. Il va falloir sortir pendant le premier cours pour téléphoner à l'agence demain. Maintenant il est inutile d'appeler qui que ce soit.

Avant qu'elle n'éteigne, sa mère vient la voir et lui tâte le front de nouveau.

— Bon. Je ne pense pas que tu aies de la fièvre.

— Ça ira, maman, je vais dormir.

Lucie évite le regard de sa mère.

Mais ce n'est pas si facile. Elle se retourne dans son lit pendant des heures. Quand elle chasse une chose de son esprit, une autre surgit aussitôt. Elle se voit attendre Clutch pour aller à l'aéroport, alors que la blonde est avec lui dans sa voiture sur laquelle est peint «M. Action». Elle se voit ensuite à l'aéroport et quelqu'un en uniforme lui demande son passeport. Les avertissements de Lorraine lui résonnent dans la tête. C'est comme un manège qui n'arrêterait jamais de tourner. Elle doit trouver une solution sinon ses vacances de rêve vont s'écrouler. Si cela devait arriver, jamais elle n'oserait regarder en face ses parents ni ses amis. C'est sur cette horrible pensée qu'elle finit par s'endormir.

CHAPITRE 13

Quand Lucie se réveille le lendemain matin, sa mère est penchée sur elle.

— Comment te sens-tu, Lucie?

— Je vais bien, dit-elle d'une voix endormie.

— N'oublie pas de prendre ton déjeuner.

Sa mère lui caresse la tête et s'en va.

Lucie se lève et va dans la salle de bain. Elle ne veut pas perdre de temps à la maison. Il y a un gros problème à résoudre.

En arrivant à l'école, elle trouve Lorraine, Érica et Estelle qui l'attendent. Elles semblent anxieuses. Il est évident qu'elles ont parlé d'elle. Lorraine a dû leur raconter leur dernière conversation.

— Salut, Lucie, lancent les jumelles en choeur.

Lorraine a un regard ennuyé.

— C'est bien, je vais appeler l'agence de

voyages à neuf heures.

— Je ne pense pas que ce genre de bureau ouvre avant dix heures, remarque Estelle.

— J'essaierai quand même, répond Lucie brièvement.

Toutes les quatre marchent en silence vers leurs casiers.

Il est neuf heures moins dix. Il lui reste dix minutes pour décider de son sort.

Le premier cours est celui de monsieur Racine. Dès qu'il entre, tous s'installent. Lucie attend cinq minutes pour lever la main.

— Est-ce que je peux sortir?

Monsieur Racine la regarde et l'autorise à sortir. Lucie se lève et se dirige vers la porte. Par-dessus son épaule, elle voit Lorraine bouger les lèvres en silence et croiser les doigts en levant les mains pour que Lucie puisse les voir. Elle se dit qu'elle a bien besoin de toutes les chances possibles.

Elle regarde le couloir, mais elle sait que le seul téléphone utilisable par les élèves se trouve au secrétariat. Il faut d'abord aller voir Doris et lui donner la raison de l'appel et quand on téléphone, elle s'assied tout près en faisant semblant de ne pas entendre. Lucie ne peut pas utiliser ce téléphone, l'autre possibilité se trouve dans la salle des professeurs. Elle prie pour que la salle soit vide. C'est la première heure de cours et tous les professeurs doivent être en classe.

Lucie ouvre doucement la porte. Vide! Elle se précipite sur le téléphone posé sur une petite table. Il est neuf heures cinq. D'un doigt tremblant, elle fait le numéro de l'agence. Après cinq sonneries, une voix mélodieuse répond :

— Le Paradis des vacances, je vous écoute.

— Je voudrais des informations, s'il vous plaît.

— Que puis-je faire pour vous?

— A-t-on besoin d'un passeport pour les Bahamas.

— Non, si vous êtes citoyenne canadienne. Mais il vous faut une pièce d'identité, un permis de conduire ou un certificat de naissance.

— Merci, oh! merci, s'écrie Lucie.

Elle claque le téléphone et danse de joie dans la salle des professeurs. Ainsi tout est fini — l'inquiétude et la peur de l'échec— demain elle sera partie. Elle a envie de courir dans le couloir en chantant et en criant, mais avant tout, elle doit sortir de la salle sans se faire remarquer.

Lucie passe la tête par la porte pour voir ce qui se passe. Le couloir est vide; elle en profite et court jusqu'à sa classe. Monsieur Racine est au tableau. Trois paires d'yeux inquiets la suivent tandis qu'elle regagne sa place. Elle a un sourire ravi et fait un signe le pouce levé à Lorraine.

À la fin du premier cours, les jumelles et Lorraine se précipitent sur elle.

— Quoi, quoi, quoi? chante Érica.

— Je n'ai pas besoin de passeport, souffle Lucie.

— Lucie, je suis heureuse. Nous étions si inquiètes.

Estelle lui serre le bras tout en lui parlant, puis Érica dit avec un gloussement :

— Je le savais, ton horoscope prévoyait que tu allais surmonter un grand obstacle.

— Oh! quelle idiote! Il peut encore arriver quelque chose, explose Lorraine.

— Que veux-tu dire? demande Lucie indignée.

— Il y a encore demain.

— Lorraine, tout ira bien.

Lucie se sent très excitée, soulevée par un enthousiasme qui transforme tout. Elle n'a plus peur. Un peu plus tard, elle raconte à Lorraine et aux jumelles que Clutch voulait l'accompagner en voyage. Elle n'avait pas prévu de leur en parler, mais c'est arrivé comme ça. Lorraine ouvre de grands yeux.

Érica dit en secouant ses boucles :

— Pourquoi pas? Ce doit être bien de partir avec quelqu'un comme Clutch.

— Oui, et de dormir dans la même chambre que lui, répond Estelle sarcastique.

— Je vais dormir seule sous la brise des tropiques, dit Lucie en riant.

— Lucie, je ne connais pas Clutch, mais je suis inquiète pour demain, dit Lorraine.

Il n'y a rien à répondre à Lorraine. Elle va être

suffisamment préoccupée à cause de lui dans les heures qui viennent. Dommage que Lorraine soit si négative, parce que, par ailleurs, c'est la meilleure des amies et elle est formidable. Lucie les regarde toutes les trois :

— Qui vient à l'aéroport avec nous?

— Nous ne pouvons pas. Ce ne serait pas une bonne idée, répond Estelle fermement.

— Je t'accompagne, dit Lorraine.

— Je voudrais vraiment venir ...

Érica hausse les épaules en signe d'excuses.

— Ça va, dit Lucie brièvement. Elle ne veut pas causer de problèmes aux jumelles. Elles sont prêtes à tout pour l'aider, et c'est cela qui est important. En rentrant de l'école, Lorraine met dans la main de Lucie une petite enveloppe qui contient trente dollars.

— Merci, Lorraine, je te le rembourserai, promet Lucie.

Avec les cinquante dollars de sa mère, elle a maintenant quatre-vingts dollars. Ses repas sont payés, c'est la principale dépense. Elle achètera des cadeaux pour ses trois amies et le reste sera pour les imprévus.

Après avoir dit au revoir à Lorraine, Lucie rentre vite chez elle. Elle veut appeler Clutch et s'assurer qu'il a toujours l'intention de la conduire à l'aéroport. Il ne faut pas qu'il stationne devant l'entrée principale, puisqu'elle va manquer l'école. S'ils rencontraient un professeur on se poserait des questions.

Clutch répond à la première sonnerie du téléphone :

— Salut!

— Clutch... commence Lucie avec un peu d'appréhension.

— C'est demain le grand jour.

— Oui.

Lucie est soulagée, il l'air bien et plutôt amical.

— Tout est prêt?

— Tu m'enmènes toujours?

Il marque une pause et le coeur de Lucie va flancher.

— Bien sûr, répond Clutch.

Lucie pousse un soupir de soulagement.

— Oh! Clutch, merci. Tu sais que nous devrons quitter l'école sans que personne nous voit.

— Ne t'inquiète pas! Je m'en occupe. J'aurai même, peut-être une surprise pour toi.

— Une surprise?

— Oui, quelque chose que tu pourras emporter avec toi.

— Oh! comme je suis impatiente. Il faut que tu saches que Lorraine vient aussi avec nous.

Clutch marque une nouvelle pause. Lucie se demande pourquoi ils se détestent autant alors qu'ils se connaissent si peu.

— Tu sais qu'elle est ma meilleure amie. Je n'aurais rien pu faire sans elle.

— D'accord, mais ce n'est pas tout à fait un rayon de soleil.

— Elle est formidable, dit Lucie fermement.

— Bien sûr. Alors, à demain.

Il n'a pas l'air convaincu.

— Clutch, merci vraiment.

— Pas de problèmes.

Lucie ne voit pas passer la soirée. Elle vérifie le contenu de son sac à main, range l'argent dans son porte-monnaie et glisse son certificat de naissance et ses lunettes de soleil dans le compartiment avec la fermeture éclair. Elle remplit une petite bouteille de shampooing qu'elle met dans son sac à dos. Elle se changera demain à l'école et Lorraine emportera sa veste chez elle. Il ne lui reste plus qu'à écrire une lettre pour dire qu'elle sera absente lundi et à la signer comme sa mère.

Finalement, tout est prêt. Elle va dans la cuisine pour manger quelque chose. Sa mère a laissé un mot lui disant de réchauffer le plat qu'elle a préparé. Lucie ouvre le réfrigérateur, prend le plat et claque la porte. Un de ces jours, elle va dire à sa mère qu'il n'y a rien de plus horrible que de manger seule ; elle se sent complètement abandonnée et jamais elle ne s'y habituera. Elle allume la télévision. Sa mère va encore être en retard, et la télévision lui tiendra compagnie. C'est ainsi aujourd'hui, mais demain ce sera différent. Ce n'est pas parce que ses parents n'ont pas de temps pour elle que la petite Lucie Fernandez qui doit grandir toute seule, va rester dans son coin. Elle va devenir une voyageuse belle et insouciante.

CHAPITRE 14

Quand Lucie se réveille le vendredi matin, elle regarde par la fenêtre; la rue est toute blanche et la neige tourbillonne joyeusement. Enfin! la neige, après deux semaines de froid intense.

Il va y avoir une bataille de boules de neige à Degrassi et, à la fin, les petits iront se plaindre au bureau de l'école.

Lorsqu'elle se détourne de la fenêtre, la première chose qu'elle voit, c'est le calendrier avec VENDREDI encerclé de rouge, et elle est prise d'un frisson d'excitation. Le fameux jour est arrivé. Finis l'attente et les préparatifs! C'est pour aujourd'hui. Ce soir quand ils vont rentrer chez eux pour enlever la neige devant leur maison, je serai sur la plage.

Son réveil lui rappelle qu'il lui reste exactement une heure pour se préparer. Elle prend une douche, s'habille et sort son sac à dos qui est sous son lit. Il n'y a aucun signe de sa mère dans la maison et elle descend ses affaires dans la cuisine.

Elle met son sac à dos dans un grand sac de poubelle vert, même si cela paraît un peu drôle; elle ne veut pas qu'il soit mouillé par la neige et puis, de cette façon, personne ne saura ce que c'est. Lucie avale rapidement un muffin et un verre de jus d'orange, puis elle remonte.

Elle hésite devant la porte de sa mère, déchirée; elle a envie de partir tout de suite et, en même temps, elle voudrait lui dire au revoir. Elle pousse la porte et entre dans la chambre. Sa mère tourne la tête et ouvre lentement les yeux.

— Lucie, quelle heure est-il?

— Il est presque huit heures. Il faut que je parte, maman.

Sa mère, qui est encore à moitié endormie, marmonne :

— Mmmmm... je n'ai pas entendu le réveil.

Elle se redresse à moitié. Lucie lui annonce :

— Il neige, maman, je dois partir pour ne pas être en retard.

— As-tu pris ton déjeuner?

Sa mère est maintenant assise.

— Oui. Au revoir, maman... et à lundi soir.

— Lundi soir?

— Oui... nous sommes vendredi, je passe la fin de semaine avec les jumelles, tu te souviens? Je ne reviens que lundi soir.

Lucie pense qu'il vaut mieux tout dire d'un seul coup.

— Mon Dieu! C'est vendredi? Oui, oui, bien sûr. Lucie, je compte sur toi pour être une invitée agréable.

— Bien sûr, et dis à papa que je l'embrasse. Je pars, maman.

Sa mère l'arrête alors qu'elle est à la porte.

— Lucie.

— Ouii... quoi?

— Il y a beaucoup de neige?

— Je crois.

— C'est bien ce qu'il nous faut!

Sa mère frissonne, puis ferme les yeux et retombe dans son lit.

Lucie retourne dans sa chambre pour une dernière vérification. Elle n'a rien oublié. Elle descend et sort ses bottes de neige. Puis, d'une main elle prend son sac et de l'autre soulève le sac de poubelle et sort.

Habituellement, il lui faut huit minutes pour aller à l'école, mais aujourd'hui elle doit marcher plus doucement. Le trottoir est glissant et le sac en plastique lui scie les doigts. Le temps d'arriver à Degrassi, le sac est déchiré.

Les batailles de boules de neige ont déjà commencé dans la cour devant l'école. Lucie lutte pour monter l'escalier glissant et elle reçoit une boule de neige sur la joue. Étonnée et furieuse, elle pose son sac de poubelle et se retourne, mais les gamins n'ont pas attendu et elle ne peut trouver le coupable.

Elle reprend son sac et se dirige vers la porte. Des pas derrière elle la font se retourner. C'est Lorraine, le visage dissimulé par le capuchon de son anorak.

— Salut Lorraine. Tu as vu les petits gamins avec leurs boules de neige? Je les tuerais.

— Oui, je te crois, tu pourrais.

Elle claque les doigts en parlant.

Lucie se retourne, étonnée, regarde son amie et lui demande :

— Mais qu'est-ce que tu as?

Lorraine l'écarte de l'épaule en marmonnant :

— Pousse ta poubelle, je veux entrer.

Sans un mot, elle pénètre dans l'école.

Lucie regarde son sac, — poubelle ? — se demande-t-elle. Son sac à dos est à moitié sorti. Puis elle regarde Lorraine qui s'éloigne rapidement. Pourquoi la traite-t-elle en ennemie? Lucie se dirige vers les toilettes en traînant son sac déchiré et tombe sur Lorraine qui lui dit d'un ton cinglant :

— Regarde où tu vas.

— Qu'est-ce que tu as?

Lucie bégaie sous le choc.

— Laisse-moi passer, Lucie.

— Une minute. Pourquoi es-tu aussi désagréable?

Lucie la saisit par le bras.

— Tu veux savoir? Eh bien, je meurs d'envie de te le dire.

Tout en parlant, Lorraine dégage son bras de l'étreinte de Lucie et la regarde plus froidement que si elle était une étrangère. Lucie se sent menacée.

— Alors?

— Hier soir, on a attrapé ceux qui ont cambriolé le garage de mon père.

— Cela n'a rien à voir avec moi! Je n'ai pas volé le garage de ton père!

— Devine qui était là ?

Lorraine parle d'une voix sinistre.

— Je ne sais pas! Cela n'a rien à voir avec moi!

Lucie est effrayée par la colère de son amie.

— Ce sont des jeunes du collège qui ont fait le coup. Et veux-tu savoir ce qu'ils avaient comme auto?

Lorraine est pratiquement hors d'elle-même.

— Dis-le-moi.

— Ils avaient la voiture de Clutch.

Lucie a l'impression qu'on vient de lui renverser un seau d'eau glacée sur la tête. Elle ouvre la bouche sans parler et s'éloigne de Lorraine. Cela ne peut pas être vrai. Son amie s'approche d'elle.

— Je vais te dire autre chose. Quand mon père m'a fait son sermon sur les jeunes et la malhonnêteté, le vol et le meurtre, j'avais envie de vomir parce que je ne pouvais pas lui dire que ma meilleure amie connaissait le propriétaire de la voiture.

Lucie essaie désespérément d'intervenir :

— Mais Lorraine, ce n'est pas parce qu'il a prêté son auto qu'il a participé au cambriolage.

— Je sais très bien pourquoi tu le défends.

— Non, tu ne le sais pas. Tu l'accuses sans raison. Tu gâches tout.

— Lucie, sais-tu que tu es comme lui? Clutch prête sa voiture à des voleurs, et toi tu voles de ton côté. Je ne veux rien avoir à faire avec toi.

— Alors, tu me laisses tomber. C'est ça?

Lorraine ne répond pas et Lucie sent que tout s'effondre. Il lui arrive tout d'un coup ce qu'elle n'aurait jamais pu imaginer; sa meilleure amie l'abandonne. Mais elle va lui montrer et aux autres aussi qu'elle peut se passer d'eux.

Elle lui demande d'une voix dangereusement douce :

— Vas-tu me dénoncer?

— Pour qui me prends-tu?

— Je vais te dire ce que je pense. Tu as toujours détesté Clutch et tu l'accuses sans même savoir ce que ses amis faisaient avec sa voiture. Tu es jalouse de moi et tu n'es pas mon amie.

Lorraine se détourne brusquement et sort, tandis que Lucie essuie rageusement les larmes de colère qui coulent sur son visage. C'est avec des mains tremblantes qu'elle sort son sac à dos du sac de poubelle et quitte les toilettes pour aller vers les casiers devant lesquels elle retrouve Érica et Estelle. Érica la prend dans ses bras et lui dit :

— Lucie ! Je ne peux pas le croire. C'est pour aujourd'hui.

— Moi non plus, je ne peux pas y croire.

Estelle qui s'efforce de faire entrer le sac à dos dans le casier, demande :

— Va-t-il rentrer?

— Il le faut.

Lucie pousse le sac de toutes ses forces et arrive à claquer la porte. Elle se dirige vers la classe, suivie d'Estelle et d'Érica qui échangent des regard étonnés. À l'heure du repas, toute la classe sait que quelque chose ne va pas entre Lorraine et Lucie. Lorraine évite de regarder Lucie, Estelle et Érica chuchotent entre elles à tel point que le professeur réclame le silence. Lucie se demande si la police a confisqué l'auto de Clutch puisqu'elle est impliquée dans un vol. Elle est dans une situation tellement difficile qu'il n'y a pas moyen de l'oublier. Mais une chose est sûre, elle partira en voyage.

Au moment du repas, Lucie réalise qu'elle a oublié d'emporter le sien. Lorraine n'est pas là mais Érica partage son sandwich avec elle.

— Où est Lorraine? Que se passe-t-il? demande-t-elle.

— Je ne sais pas et cela ne m'intéresse pas.

— Ne me dis pas que vous êtes fâchées.

Érica est horrifiée et Lucie bredouille, piteuse :

— C'est un peu ça.

— Mais c'est ta meilleure amie.

— C'est fini. Et je ne veux plus en parler.

— Nous sommes toujours tes amies, tu sais.

Érica insiste en jetant un coup d'oeil implorant à sa soeur qui approuve vivement.

— Veux-tu que je t'accompagne à l'aéroport? propose Érica.

— D'accord, je veux bien. Clutch va venir, mais Lorraine et lui ne s'entendent pas du tout.

À la fin du premier cours de l'après-midi, Lucie et les jumelles vont ensemble chercher le sac de Lucie avant d'aller aux toilettes. Érica embrasse chaleureusement Lucie et lui dit :

— Au revoir, amuse-toi bien!

— J'espère que ce sera génial et fais bien attention, lui murmure Érica.

Lucie la prend dans ses bras et le lui promet. À regret, Érica fait remarquer :

— Il est temps de rentrer en classe.

Elles s'en vont avec un signe de la main.

Lucie quitte son jean pour mettre sa tenue de voyage. Elle enfile sa jupe longue avec un haut qu'elle dissimule sous son anorak. Elle se regarde dans la glace et se trouve tout engoncée dans sa nouvelle tenue. Elle ferme son sac à regret et, sans un autre regard vers le miroir, va dans le couloir et se dirige vers la sortie de service.

Lucie frissonne en sortant. Sous son anorak elle n'a que ses vêtements d'été et elle a froid aux jambes. Le sac à dos pèse lourd. Elle ne voit pas la voiture de Clutch, mais elle aperçoit une silhouette un peu plus bas dans la rue. Elle presse le pas, ce bon vieux Clutch a probablement stationné son auto au coin de la rue. En avançant, Lucie réalise que la personne qu'elle a vue porte un chapeau de paille, à moins que la neige ne lui trouble la vue. Mais non, c'est Clutch qui se tourne vers elle; il porte un chapeau de paille à large bord et lui offre son plus grand sourire.

Lucie court vers lui.

— Je suis là.

Il porte la main à son chapeau en disant :

— Madame, à votre service. Nous pouvons partir.

Lucie ne peut s'empêcher de rire et elle se sent déjà mieux :

— Tu es fou. C'est avec ce chapeau que tu vas à l'aéroport?

— Non, voyons... c'est ma tenue habituelle de vacances.

Tout en parlant, il lui prend son sac.

— Que veux-tu dire?

— Je viens avec toi aux Bahamas... je voulais te faire la surprise.

La main sur le coeur, il poursuit sur un ton théâtral :

— Je ne peux vivre sans toi, pas une minute.

— Mais qu'y a-t-il Clutch?

Lucie ne peut croire ce qu'elle vient d'entendre.

— Allons, ne t'inquiète pas. J'ai vérifié, il reste des places et mon copain Paul nous attend au coin de la rue avec la camionnette de son père pour nous conduire.

Il prend Lucie par la taille.

— Clutch, pourquoi fais-tu ça?

Sans lui répondre, il l'entraîne.

Elle repousse son bras et se sent au bord de la crise de nerfs.

— Clutch, je ne pars pas avec toi. Je pensais que tu avais compris.

— Allons, nous nous amuserons tellement, proteste Clutch.

— Mon Dieu, Lorraine a raison. Comment vais-je aller à l'aéroport, gémit Lucie.

— Paul va nous conduire. Viens, nous allons être en retard.

— Tu es complètement fou, Clutch. Je ne vais nulle part avec toi, ni avec tes amis,

— Allons, Lucie. Qu'est-ce qui ne va pas? Tu veux avoir du bon temps et moi aussi. Ce serait tellement bien de partir tous les deux.

Clutch a l'air ennuyé. Lucie s'écrie :

— Donne-moi mon sac.

Ils restent là un moment à se disputer le sac de Lucie, glissant dans la neige qui tombe doucement autour d'eux.

D'une forte secousse, Lucie parvient à arracher son sac à Clutch et lui crie :

— Je te déteste! N'essaie pas de me suivre. Je ne veux plus «jamais» te revoir.

— Que vas-tu faire?

— Je vais prendre l'autobus.

— Froussarde! ricane-t-il.

Lucie court avec difficulté jusqu'à l'arrêt. Miraculeusement, il arrive un autobus en même temps qu'elle. Sans un regard en arrière, elle monte dedans; elle est trempée et la fermeture de son sac s'est ouverte. Il lui reste juste une heure et demie pour aller à l'aéroport.

D'abord Lorraine et puis Clutch, tous les deux l'ont laissé tomber de la pire manière. Jamais elle ne leur pardonnera, mais maintenant, elle est complètement seule.

CHAPITRE 15

Lucie, étourdie, regarde par la fenêtre. Plus rien n'a de sens désormais. Elle est sur le chemin de l'aéroport, en route pour sa grande aventure, mais, au lieu d'être joyeuse, elle se sent triste et abandonnée. Lorraine et Clutch en sont responsables. Que va-t-elle devenir si elle ne peut plus compter ni sur ses parents ni sur ses amis? Il n'y a plus qu'à partir.

L'autobus est à moitié rempli. Lucie regarde les adultes qui l'entourent et se recroqueville dans son siège. Elle se sent bête, l'ourlet de sa jupe est mouillé et son anorak a l'air trop grand. Elle devait le laisser à Lorraine. Maintenant, elle la déteste. Lorraine est supposée être son amie, et, au lieu de cela elle la culpabilise à propos du cambriolage chez son père.

Soudain, elle revoit devant elle le visage de

Clutch — rieur, prêt à séduire —; elle ne le connaît même pas. Quand il l'a traitée de «froussarde», comme son visage avait changé ! Elle se dit qu'ils sont tous les deux hors-la-loi; c'est sans doute ce qui les a rapprochés.

Elle regarde sa montre; il est deux heures quarante-cinq. Elle ne sait même pas à quelle heure l'autobus doit arriver à l'aéroport et son vol est à quatre heures.

De l'autre côté de l'allée, un couple est assis. Ils se tiennent la main. La femme parle beaucoup et, quand elle s'excite, l'homme se penche vers elle et l'embrasse. Ils sont tellement préoccupés l'un de l'autre qu'ils ne se soucient pas qu'on les voit. Lucie les regarde, attirée par le romantisme qui les entoure et elle en oublie sa solitude. Peut-être se retrouveront-ils dans le même voyage?

Ils roulent maintenant sur l'autoroute et Lucie sort sa trousse de toilette pour se maquiller. Même mal habillée, elle peut se faire un visage parfait.

— Vous êtes si jolie que vous n'avez pas besoin de tout cela, lui dit une voix féminine.

Lucie lève les yeux, c'est la femme assise de l'autre côté de l'allée qui se penche vers elle et lui sourit. Elle se sent gênée et referme vivement sa trousse de maquillage. Cependant la femme poursuit :

— Je ne voulais pas vous gêner en vous disant cela.

130

— Non... c'est bien, balbutie Lucie.

— Vous partez en voyage quelque part? demande la femme.

— Oui, c'est ça.

— Où allez-vous?

— Aux Bahamas.

— Comme vous avez de la chance. Nous rentrons à Calgary.

L'excitation qui brille dans les yeux de la femme la rassure. Voilà quelqu'un qui se réjouit pour elle; finalement, elle a bien fait.

— Vous retrouvez votre famille à l'aéroport? continue la femme.

— Non, je voyage seule.

— Oh! vous allez vous amuser.

Lucie se renfonce dans son siège; la femme était amicale mais elle n'était pas prête à répondre à des questions; cela pouvait devenir dangereux. Elle en a assez des catastrophes. L'autobus approche de l'aéroport, il est trois heures.

La femme lui fait un petit signe et se renfonce dans son siège. — Bien, je vous souhaite un bon voyage.

Lucie se dit qu'elle ressemble à sa mère et se demande si celle-ci va appeler chez les jumelles. Mais non, elle sera trop occupée à vendre des maisons pour penser à elle.

Je grandis seule parce qu'on ne m'aime pas, pense Lucie. Elle sait que le retour à la maison ne sera pas trop difficile, surtout si elle est heureuse en rentrant. Son père lui a dit un jour qu'il voulait qu'elle soit heureuse. Eh bien! elle va faire son propre bonheur.

On arrive à l'aéroport. Il lui reste quarante-cinq minutes avant le départ de l'avion. Elle met son sac à l'épaule et se dirige vers la sortie. Le chauffeur sort les bagages. Lucie attend son sac un moment. Le chauffeur le lui tend en disant avec un sourire :

— Voilà quelqu'un qui part pour le tour de monde.

Lucie lui rend son sourire, soulève son sac et se dirige vers les portes vitrées. L'aérogare ressemble à un zoo; elle ne s'attendait pas à cela. Des centaines de personnes et des tonnes de bagages sont éparpillés. Devant chaque comptoir s'étirent des files de plus de quinze personnes. On entend des messages mais sans pouvoir distinguer les paroles. Elle regarde autour d'elle sans savoir vers quel comptoir se diriger. Comment va-t-elle faire? Combien de temps lui faudra-t-il pour obtenir son billet?

Du regard, elle cherche quelqu'un qui pourrait la renseigner. Elle sent la panique la gagner; c'est ce vieux sentiment qu'elle connaît bien quand elle veut faire quelque chose et ne sait pas comment commencer. Elle essaie de lire les indications de chaque comptoir. Les gens sont irritables ou trop occupés. Elle traverse l'aérogare dans toute sa longueur en se heurtant à des bagages et à des files de voyageurs.

Elle pense avoir enfin trouver les gens du Paradis des vacances, et s'arrête devant une file d'attente pour demander à l'homme qui attend à la fin :

— Excusez-moi, pouvez-vous me dire où sont les vols pour les Bahamas?

L'homme regarde Lucie d'un regard morne et répond en montrant du doigt l'autre extrémité de l'aérogare :

— Les vols pour les Caraïbes sont là-bas.

Elle regarde la direction qui lui est indiquée; c'est de là qu'elle vient. Il est trois heures vingt. Elle se fraie de nouveau un chemin à travers la foule. En arrivant à l'autre extrémité, elle trouve une longue file d'attente avec des gens coiffés de chapeaux de paille.

Lucie continue de dire «excusez-moi» en essayant de s'approcher du comptoir pour vérifier la destination. Elle y est, son numéro de vol et sa destination sont bien indiqués. Les deux agents sont très occupés et elle a beau essayer de capter leurs regards, ça ne marche pas. Ils ne la regardent pas.

Elle retourne au bout de la file et dépose son sac devant elle. Elle n'a plus qu'à attendre son tour en priant pour qu'il vienne vite. Pourquoi pensait-elle toujours qu'aller dans un aéroport est un jeu? En dix minutes, elle se sent devenue aussi irritable et grimaçante que les autres. La seule consolation est de se dire qu'il n'y a personne pour la voir.

Lucie passe d'un pied sur l'autre en attendant. Un jeune homme vêtu d'un tee-shirt avec une feuille d'érable est devant elle; elle prend son courage à deux mains et lui demande :

— Qu'est-ce qui arrive si on se présente en retard au comptoir?

Le jeune homme la regarde et la rassure :

— Ne vous inquiétez pas, nous sommes tous dans le même bateau.

— Ne doit-on pas se présenter à l'enregistrement une heure à l'avance ? demande Lucie.

Elle entend l'inquiétude de sa propre voix.

— Calmez-vous, l'avion ne partira pas sans nous. Vous allez à Nassau?

— Non, je vais aux Bahamas, répond Lucie.

— Ah! ...je vous verrai peut-être là-bas, fait-il avec un petit sourire.

Non, certainement pas, se dit Lucie. Je ne veux pas me trouver près de lui nulle part; en fait, je ne sais même pas où je voudrais être.

Soudain, elle n'en revient pas, elle pense à l'école. Que font-ils tous maintenant? Lorraine est-elle toujours fâchée contre elle? Va-t-elle parler aux jumelles et les monter contre Lucie? Elle les imagine parlant d'elle sur le chemin du retour; elles ne savent pas combien elle est triste en ce moment. Quelle journée remplie de mauvaises surprises!

CHAPITRE 16

Il n'y a plus que trois personnes devant elle. Du pied, elle pousse son sac et continue d'attendre. Le garçon au tee-shirt avec la feuille d'érable se retourne pour lui dire :

— On y est presque.

Lucie recule, quelque chose dans le regard du garçon lui déplaît; quand il parle, elle sent ses yeux se promener sur elle comme ferait une fourmi. Pourvu qu'elle ne se retrouve pas assise à côté de lui.

C'est maintenant au tour du garçon de se présenter au comptoir. Lucie est juste derrière lui. Elle se penche pour prendre son sac et au moment où elle se redresse, une main agrippe son épaule et une voix derrière elle lui dit :

— Lucie, que fais-tu ici?

Elle est pétrifiée, incapable de bouger. Elle

connaît bien cette voix qui lui demande :

— Que se passe-t-il?

Tandis que la main qui la tient l'oblige à se retourner, Lucie, presque défaillante, regarde son père dans les yeux.

Il est là avec son sac et sa petite valise, le regard troublé et une expression de désarroi sur le visage.

Lucie a envie de crier :

— Que fais-tu ici? Tu ne devais rentrer que demain.

Mais elle ne peut pas ouvrir la bouche, elle sait que tout est fini. Il y aura une place vide dans l'avion pour les Bahamas. Elle quitte la file d'attente, essaie de dire quelque chose mais elle doit d'abord reprendre sa respiration.

Son père se remet lui aussi de son émotion et il est en colère.

— Pourquoi n'es-tu pas à l'école? Qu'y a-t-il dans ce sac?

Lucie est consciente que tout le monde autour d'eux les écoute. Elle regarde ses pieds et voudrait rentrer sous terre, disparaître. Elle sent monter les larmes qui vont inonder sous peu son visage. Son père lui fait signe et lui dit :

— Viens ici. Je veux que tu m'expliques ce qui se passe et vite. Dire que, si je n'avais pas eu un problème à régler avec la voiture de location, je ne t'aurais pas vue.

À moitié aveuglée par les larmes, Lucie le suit;

ils se fraient un passage dans la foule vers les portes vitrées. Son père pose ses bagages sur le rebord d'une fenêtre, lui prend son sac et le pose sur les siens. Les mains sur les hanches, il s'adresse à Lucie :

— Maintenant, je veux savoir ce qui se passe.

Lucie sanglote, incapable de se contrôler.

— Je partais en voyage.

— Ta mère est-elle au courant?

— Non.

— Je vois. Où allais-tu?

— J'ai pris un forfait de vacances, dit-elle très lentement.

— Quoi?

Son père a crié si fort que les gens autour d'eux s'arrêtent. Il est devenu rouge de colère et reste silencieux un moment. Lucie comprend qu'il veut retrouver son calme.

— Lucie tu voulais te sauver ? demande-t-il avec précaution.

— J'en avais assez. Je voulais partir quelques jours... juste la fin de la semaine, balbutie Lucie.

— Je vois. Qui paie ce voyage?

Son père a parlé d'une voix dangereusement douce. Lucie sent revenir ses larmes. Ils en sont arrivés au pire et rien ne pourra l'aider. Alors, elle dit d'une toute petite voix :

— J'ai utilisé la carte de crédit de maman.

Son père recule sous le choc comme s'il avait été frappé et demande en tendant la main :

— Où est le billet?

— Je devais le prendre au comptoir.

— Reste ici, surtout «ne bouge pas», crie-t-il.

Lucie le regarde aller jusqu'au comptoir. Il va me tuer, pense-t-elle en regardant autour d'elle désespérément. Les gens continuent d'entrer et de sortir. Personne ne s'intéresse à Lucie Fernandez qui porte la jupe de sa mère et un anorak trop grand, et qui se cache dans un coin. Cette fois-ci, elle est vraiment seule. Les paroles de Lorraine lui reviennent en mémoire; comme elle a eu tort. Elle réalise soudain que Lorraine n'est pas une casse-pieds, elle lui a fait une scène parce qu'elle était vraiment blessée. Quant à elle-même, elle s'est conduite comme Clutch, en ne pensant qu'à elle. Mais voilà son père qui revient et elle voudrait disparaître derrière la pile de bagages.

— Bien, je leur ai dit que la carte a été volée par ma fille.

Son père parle en la regardant d'un air fatigué.

Lucie se sent transpercée par le mot «volé». Bien que son père parle d'une voix normale, elle est bouleversée. Le mot est humiliant, il porte avec lui une ombre noire qui vous suit partout où vous allez, il est accablant. Elle murmure à son père :

— Papa, je suis désolée

— Moi aussi.

Son père secoue la tête et regarde au loin.

— Je ne recommencerai jamais.

D'un geste, il la fait taire :

— Je vais appeler ta mère.

Lucie le regarde chercher la monnaie et aller vers les téléphones, elle supplie :

— S'il te plaît, n'appelle pas maman.

Son père n'y prête pas attention et compose le numéro d'une main tremblante. Lucie lui demande d'une voix altérée par la crainte :

— Je lui dirai moi-même plus tard.

La chance est avec elle car personne ne répond.

Lucie sait que ce sera plus facile à la maison. Maintenant la maison est devenue un endroit où l'on peut se cacher. Elle se sent tellement vulnérable dans cet aéroport. C'est comme si tout le monde savait que Lucie Fernandez a volé la carte de crédit de sa mère.

— Je suis épuisé. J'ai voyagé toute le journée et maintenant «ça».

— Je suis désolée, je suis tellement désolée, répète Lucie.

— Sortons d'ici, je dois reprendre la voiture.

Lucie espère que tout va être bientôt fini. Son père lui fera peut-être la morale dans la voiture et sa mère aussi plus tard. Mais après, elle pourra monter se coucher et se cacher sous les couvertures et dormir pour oublier. Ils prennent l'ascenceur pour aller au parking. Il y a beaucoup d'autres personnes mais heureusement son père ne dit rien, il ne la regarde même pas. Lucie pense tristement qu'il souhaiterait, sans doute, ne pas avoir une fille comme elle.

Il leur faut un moment pour retrouver la voiture. Une fois les bagages installés sur le siège arrière, son père lui ouvre la porte et elle se dit que ça y est; il va lui dire qu'elle est une horrible fille et annoncer une punition; elle sera peut-être privée de sorties ou bien d'argent de poche.

Mais son père sort la voiture sans un mot, et, arrivé sur l'autoroute il ne parle pas davantage. Il garde les yeux fixés devant lui; Lucie le regarde à la dérobée pensant à chaque instant qu'il va lui parler, mais non, pas un mot.

Elle sent ses mains devenir moites et une sorte de tension pénible s'empare d'elle; elle sent que si elle ouvre la bouche ce sera pour exploser. Pour la cinquième fois, elle dit :

— Papa, je suis *désolée*, je ne recommencerai pas.

Son père ne semble pas avoir entendu ce qu'elle a dit, il ne répond pas mais se tourne vers Lucie avec un regard furieux.

— Ce que tu as fait est grave, Lucie. Je ne te connais plus.

— C'était juste des... une chose un peu folle; tu sais, une sorte d'aventure... quelque chose que je n'avais jamais fait.

— Une *aventure*. Non, Lucie ça ne va pas, ironise son père.

Lucie ne l'a jamais vu aussi en colère, fatigué

et découragé, et elle en est responsable. Au fond d'elle-même, elle est malheureuse mais aussi secrètement satisfaite parce qu'il s'occupe d'elle. C'est une petite victoire. Après tout, elle s'est si souvent sentie abandonnée et perdue. Ce n'est pas seulement sa mère qui est accaparée par son travail, son père fait aussi passer son travail en premier, elle veut le lui dire. Elle veut le crier fort, très fort, assez fort pour faire éclater le silence et qu'il comprenne. Mais c'est lui qui rompt le silence.

— Lucie, j'ai bien réfléchi et très sérieusement. Mais je vais attendre d'être à la maison pour te parler avec ta mère.

Lucie réplique aussitôt :

— Je ne pourrai pas parler à maman.

— Il le faut, Lucie. Elle voudra savoir ce que fait sa fille, dit fermement son père.

C'est ce que tu dis, pense Lucie.

CHAPITRE 17

La voiture s'arrête devant la maison. Lucie ne pense qu'à une seule chose : éviter de franchir le seuil. Mais son père fait le tour de la voiture et vient lui ouvrir la porte en disant :

— Allez, Lucie!

Elle s'extrait de la voiture en jetant, en vain, un regard suppliant à son père. Avant que ce dernier n'arrive à la maison, la porte s'ouvre sur sa mère. Lucie se cache derrière son père, la tête dans les épaules fuyant le regard de sa mère qui ouvre de grands yeux en la voyant et demande :

— Où as-tu rencontré, papa?

— Nous nous sommes cognés l'un contre l'autre, répond son père.

— Ne devais-tu pas être chez les jumelles? insiste sa mère.

Lucie respire profondément. Ça y est, le moment fatidique est arrivé. Son père se dirige vers la salle à manger et s'assoit en dénouant sa cravate. Sa mère les regarde tous les deux et demande ce qui se passe. Lucie entend une petite voix lui dire que son heure est arrivée, tremblante, elle se lance :

— J'ai rencontré papa à l'aéroport.

— À l'*aéroport*! Que faisais-tu là-bas... et pourquoi portes-tu ma jupe?

Lucie se sent clouée sur place. Elle regarde ses mains qui se recroquevillent de détresse; de tout son corps, elle se prépare pour ce qui va suivre. Sa mère lui demande âprement :

— Lucie, je te parle.

— Je... je partais en voyage, répond-elle à voix basse.

— Tu faisais quoi?

— Je partais en voyage... aux Bahamas.

— Lucie, je ... Tu veux dire que si ton père ne t'avait pas vue à l'aéroport tu serais actuellement en avion pour les Bahamas?

Lucie acquiesce d'un signe de tête.

— Et quand devais-tu revenir, si toutefois...?

— Lundi. C'était un forfait pour trois jours.

— Je ne peux pas croire ça, vraiment! soupire sa mère. Et toute cette histoire d'anniversaire des jumelles et de cadeau!

Soudain son regard change.

— Mais comment as-tu fait pour payer ce voyage?

Lucie se broie les mains à en avoir mal et finit par dire :

— Je l'ai fait mettre sur ta carte de crédit.

— Lucie! sa mère ne peut en dire plus.

— Je suis désolée, tente de dire Lucie.

— Tais-toi, tu m'as menti pendant des jours, n'est-ce pas?

Sa mère est furieuse et marche de long en large dans la pièce.

— Qu'as-tu payé d'autre avec ma carte?

— Rien d'autre, maman, crois-moi.

— Cela veut dire qu'il va falloir te surveiller.

— Maman, je te promets... je n'ai payé que le billet d'avion.

Son père, en colère, enlève sa cravate et demande :

— Qu'espérais-tu de bon de tout cela?

— C'était juste une aventure.

— Une *aventure!* Non, Lucie, tu vas trop loin! L'aventure ne veut pas dire qu'on vole et qu'on mente! Il hurle.

Sa mère reste silencieuse, les bras croisés avec une expression amère. Lucie sent les larmes lui monter aux yeux. Elle sait que ses parents sont tristes et blessés, mais elle l'est aussi. Soudain sa mère vient vers elle :

— J'ai si peur... sais-tu tout ce qui aurait pu t'arriver?

— Oh! Maman, je pensais seulement à m'évader un peu dans une île, tu sais, comme tu en as parlé.

— Je vois, mais tu aurais pu me demander mon avis ou m'en parler.

— Tu sais, je voulais surtout faire quelque chose qui compte.

Sa mère reste sans voix, elle agite les mains, désemparée.

— Oui, une chose valable. Je veux prendre des décisions... faire que quelque chose change. Je *grandis*.

— Mon Dieu, Lucie! Ce n'est pas comme ça qu'on grandit. Je ne veux plus jamais que tu mentes ou que tu nous voles comme tu l'as fait. Comment as-tu pu?

Lucie se met à rougir de colère, elle ne peut retenir les mots qui lui viennent aux lèvres et, d'une petite voix métallique, elle répond :

— J'ai pensé que cela ne vous ferait rien. Vous ne vous souciez jamais de ce que je fais. Vous auriez pu être très contents que je parte, je ne vous aurais plus déranger.

— Lucie! Ce n'est pas vrai! Comment oses-tu me dire ça?

— Pourquoi pas? crie Lucie. Je ne vous vois jamais, je n'ai ni frère ni soeur... je suis toujours toute seule. Tout ce qui t'intéresse c'est de vendre tes maisons pourries.

— Depuis quand penses-tu cela? demande sa mère.

— Il y a longtemps.

Lucie lance un défi, elle a enfin dit ce qu'elle cachait au fond d'elle-même.

— Mais ce n'est pas vrai, crie sa mère.

— Mais si, crie Lucie à son tour.

— Après tout ce que nous faisons pour toi, tu oses nous accuser! explose sa mère.

— Pourquoi pas? Vous dites des choses horribles sur moi, sanglote Lucie.

Son père hoche la tête.

— Lucie, nous ne méritons pas ça. Tu nous voles et pour te justifier tu nous dis que tu es malheureuse. Je n'accepte pas.

— Lucie, nous te donnons tout... tes vêtements... la maison.

Fièrement, elle va vers son père en disant :

— De l'argent, n'est-ce pas? Tout ce que vous voulez c'est gagner de l'argent.

— Non. Ce n'est pas ça, répond monsieur Fernandez.

— Alors, qu'est-ce que c'est? Pourquoi dois-je dîner seule?

Lucie bredouille d'indignation, désemparée. Son père essaie d'expliquer :

— C'est à cause de notre travail. Mais tu as quinze ans et tu es assez grande. Je pensais que tu pouvais comprendre.

— Non, je ne peux pas et je ne le veux pas. Je veux être comme tout le monde, crie Lucie.

— Tu n'es pas différente, mais tu vis dans un monde d'illusion.

Son père a touché juste.

— Et si j'aime ça... et puis je déteste ma vie, et j'ai perdu ma meilleure amie... et je déteste tout.

— Lucie!

D'un seul geste, ses parents vont vers elle. Mais Lucie, suffoquant sous les larmes, court se réfugier dans sa chambre.

Étendue sur son lit, les yeux fixés au plafond, elle a l'impression d'être là depuis des heures. Le murmure des voix de ses parents qui sont toujours en bas, en train de parler, monte jusqu'à elle.

Elle se sent très lourde, le plafond tourne au-dessus de sa tête. Elle se demande si elle pourra de nouveau se lever et vivre normalement. Que font ses parents? Il lui semble qu'ils sont en train de comploter contre elle. Au moins ils sont tous les deux, mais elle est toute seule maintenant.

Elle ne peut plus supporter l'incertitude où elle se trouve. Elle quitte sa chambre et se penche sur la balustrade de l'escalier pour entendre la conversation de ses parents. Son père dit :

— ...depuis qu'elle a chapardé dans le magasin.

— Mais, Jeff, tu sais que nous avons essayé. Je suis là presque tous les matins pour le déjeuner, j'essaie de lui parler, mais, certains jours, c'est comme parler à un piquet. Elle reste là, sans rien dire, ou bien elle a une excuse pour partir plus tôt à l'école. J'ai l'impression que je la gêne.

Lucie a envie de répondre qu'elle a le sentiment

qu'on ne veut pas d'elle. C'est étrange d'entendre parler de soi comme ça.

C'est à son père de parler :

— Je sais. Elle a fait la même chose avec moi. Mais pourquoi nous reproche-t-elle tant de la laisser seule si elle ne veut pas nous voir?

Sa mère reprend :

— Je l'aime vraiment, mais par moments elle est si distante ou bien elle monte un coup comme celui-ci et j'ai envie de lui tordre le cou. Elle peut être si difficile.

Lucie est gênée. Elle n'a jamais pensé qu'on pouvait regretter sa présence. Mais dit comme cela, elle doit reconnaître que c'est vrai. Son père dit alors :

— Nous n'avons pas encore eu de fille de quinze ans, peut-être que c'est comme ça.

Lucie croit entendre un petit rire de sa mère qui dit :

— Jeff, c'est peut-être ça, mais il va falloir que nous soyons davantage à la maison. Je ne veux pas rentrer la semaine prochaine et découvrir qu'elle est partie pour Paris.

— J'y ai pensé aussi. Je vais demander à moins voyager, répond-il.

— Ce serait formidable et pas pour Lucie seulement. Chéri, tu me manques beaucoup, nous ne sommes presque plus jamais ensemble.

Un silence se prolonge. Lucie, soudain, se sent soulagée, peut-être y a-t-il un espoir. Sa mère poursuit :

— Je pourrais peut-être voir au bureau pour répartir mes clients et ne plus travailler certains soirs.

Son père reprend alors :

— C'est bien, mais nous ne pouvons pas laisser Lucie aller comme ça. Nous pourrions retenir la somme qu'elle a empruntée sur son argent de poche et lui fixer une heure pour rentrer à la maison.

Lucie grince des dents, elle espérait qu'ils n'en viendraient pas jusque-là.

— Tu vois, j'ai parfois l'impression qu'elle ne sait pas ce que c'est que gagner de l'argent. Peut-être que si elle travaillait... dit sa mère.

— C'est ça, elle doit travailler pour rembourser et nous devons lui imposer aussi des règles.

Lucie se lève. Elle sent s'écrouler en elle le monument de solitude qui s'était installé. Pourquoi pensait-elle que personne ne l'aimait?

Elle retourne dans sa chambre en se demandant ce qui, soudain, lui donne confiance. Les changements qu'elle pressent ne seront pas pour ce soir, mais elle se sent pleine d'espoir.

Maintenant il reste ses amies; aucune ne l'a laissé tomber, pas même Lorraine. Elle essaie de l'appeler, mais le téléphone sonne en vain. Lucie sent un peu son courage l'abandonner; ça aussi c'est dur, plus personne ne va l'admirer maintenant; mais il faut qu'elle le fasse. Elle compose le numéro d'Érica qui appelle sa soeur dès qu'elle entend la voix de Lucie.

— C'est Lucie, elle appelle des Bahamas.

— Non, je suis ici, à la maison.

Il y a un silence à l'autre bout de la ligne. Lucie imagine la scène : Estelle venue rejoindre Érica, les yeux agrandis d'horreur.

— Lucie, Lucie, c'est bien toi! Qu'est-il arrivé?

— Je me suis fait prendre, mais ce n'est pas mal du tout.

Je suis heureuse d'être à la maison.

Érica, après un silence et quelques mots avec Estelle, dit :

— Es-tu sûre que tu vas bien? Lorraine était avec nous, elle vient de partir avec son père. Elle nous a parlé de votre dispute. Elle était en colère mais, surtout, elle se faisait du souci pour toi. Nous aussi, nous nous inquiétions.

Érica est indignée et Lucie tente de s'excuser :

— J'ai essayé de lui téléphoner toute la soirée. Je la rappelle maintenant.

— Nous voulons te voir demain pour que tu nous racontes tout.

— Je ne sais pas. Je vous téléphonerai.

Lucie appelle maintenant Lorraine qui décroche immédiatement et répond, pas vraiment en colère, mais pas très amicale non plus.

— Lucie! C'est toi?

— Oui, murmure Lucie. Je suis désolée pour tout ce que j'ai dit. Tu es ma meilleure amie et je ne veux pas te perdre.

— Écoute, j'ai peut-être aussi été injuste, mais je ne voulais pas qu'il t'arrive du mal.

— Je le sais. Mais maintenant je vais bien et j'ai tant de choses à te raconter. Tu ne me croiras pas, mais je suis heureuse d'être à la maison et non pas aux Bahamas.

— Sais-tu que tu ne devais probablement aller nulle part.

Lorraine a un sourire dans la voix en disant ça.

— Que veux-tu dire par là?

— Ce soir, nous avons lu ton horoscope; il ne parlait pas de voyage, annonce Lorraine.

FIN

NOTES SUR L'AUTEURE

Nazneen Sadiq est une écrivaine confirmée. Elle vit actuellement à Thornhill, Ontario. Née en 1944 à Srinigar au Cachemire, elle s'installe au Pakistan après la partition de l'Inde. Elle fait des études à l'Université de Karachi et à l'Université du Penjab et obtient un B.A. en philosophie ainsi qu'un B.A. en anglais. En 1964, elle émigre au Canada.

Nazneen Sadiq a écrit deux autres romans pour les jeunes, *Camels Can Make You Homesick and Other Stories* et *Heartbreak High*, ainsi qu'un roman pour adultes, *Ice Bangles*.

Dans la même collection

. Joey Jeremiah

. Sortie côté jardin

. Épine

. Jean

. Lucie

. Stéphanie Kaye

. Catherine (à paraître)

. Mélanie (à paraître)

ACHEVÉ D'IMPRIMER
EN JUILLET 1991
SUR LES PRESSES DE
PAYETTE & SIMMS INC.
À SAINT-LAMBERT, P.Q.